YIYUAN SHIGAO

怡园诗稿

◎ 高全铭 著

津琪 题

中国书籍出版社
China Book Press

图书在版编目（CIP）数据

怡园诗稿 / 高全铭著. -- 北京：中国书籍出版社，2023.9
（黄河诗阵丛书）
ISBN 978-7-5068-9594-1

Ⅰ.①怡… Ⅱ.①高… Ⅲ.①诗集-中国-当代 Ⅳ.①I227

中国国家版本馆CIP数据核字（2023）第179955号

怡园诗稿

高全铭　著

责任编辑	王志刚
责任印制	孙马飞　马　芝
封面设计	李中安
出版发行	中国书籍出版社
地　　址	北京市丰台区三路居路97号（邮编：100073）
电　　话	（010）52257143（总编室）　（010）52257140（发行部）
电子邮箱	eo@chinabp.com.cn
经　　销	全国新华书店
印　　刷	兰州银声印务有限公司
开　　本	787毫米×1092毫米　1/16
字　　数	2223千字
印　　张	193.5
版　　次	2023年9月第1版　2023年9月第1次印刷
书　　号	ISBN 978-7-5068-9594-1
定　　价	480.00元（全10册）

版权所有　翻印必究

总序

张平生

万古黄河，导夫昆仑之麓，通乎星宿之源；迢迢九派，落落千秋，珠怀龙啸，风流环宇。晴光淑气，倩诗家椽笔，情抒黄河，绮霞浮彩。伴着滔滔河声，闻着浓郁果香，《黄河诗阵丛书》即将付梓。

结社黄河，诗朋荟萃，以诗成阵。为贯彻落实习近平总书记关于黄河流域生态保护和高质量发展重要论述精神，深入挖掘黄河文化蕴含的时代价值，讲黄河故事，延续历史文脉，坚定文化自信，为实现中华民族伟大复兴的中国梦凝聚精神力量，用中华诗词之妙笔，奏响"黄河大合唱"的时代强音。

黄河，是中华民族的母亲河。九曲黄河，奔腾向前，以百折不挠的磅礴气势，塑造了中华民族自强不息的民族品格，是中华民族坚定文化自信的重要根基，是中华文化的重要元素。上善若水，文明与河流是密切相关的。世界上最大的文明产生地都与河流密切相关。黄河在我国流经九省区，全长5464公里，流域面积约752443平方公里。早在上古时期，炎黄二帝的传说就产生于黄河流域。在我国五千多年文明史上，黄河流域有三千多年是全国政治、经济、文化中心，它孕育了河湟文化、河洛文化、关中文化、三晋文化、齐鲁文化等，诞生了"四大发明"和《诗经》《老子》《史记》等经典著作，留下了无与伦比的文化积淀。

中华民族自古以来是诗的国度、诗的沃土，从"蒹葭苍苍，白露为霜"，到"大漠孤烟，长河落日"；从"雄关漫道"，到"六盘山上高峰"，长城迤逦，雄关巍峨，"西北有高楼"，阳关多故人。千百年间，对黄河之赞美，咏潮迭起，佳作浩繁，蔚为大观。黄河落天走东海，万里写入胸怀间。在黄河涛声孕育之中，千百年来留下无数荡气回肠的诗篇。神州诗人兴起，四海词骚蔚然。《黄河诗阵丛书》挟时代浪潮，深情讴歌黄河文化蕴含的时代价值，为黄河流域生态文明建设和高质量发展助力。吟肩结阵，鸾凤和鸣；结社耕耘，风雅颂扬；登坛贡赋，珍珠万斛。沉潜韵海，多发清越之声；寄意风韵，更赋壮遒之词。

编辑出版《黄河诗阵丛书》，以古典诗、词、曲、赋、联的形式，大视域、全流域反映黄河自然、人文特色，谱写出新时代人民治黄事业的全新篇章，影响必将遍及黄河流域，并辐射至神州大地甚至海外。万首高吟兮堪入画图，百年佳景恰逢金秋。这不仅是黄河文化建设者的骄傲，更是黄河文化在当代继承发扬光大的重要标志。

弘扬黄河精神，传承黄河文化，讲述黄河故事，反映黄河新声。以诗词讴歌中华民族治黄事业的历史新境界，谱写黄河在中华民族发展新时代的辉煌乐章，是保护、传承、弘扬黄河文化的重要举措。回望万古黄河，壮美磅礴是民族品格；平视当今世界，百折不挠是华夏写照。华夏子孙对黄河的感情，正如胎记一般地不可磨灭。

诗自芳春连暮雪，友从青藏到东营。乾坤四季，万里疆域，无不充盈诗情画意，友情祝愿。"逝者如斯夫，不舍昼夜。"万古黄河静静流淌，以《诗经》无邪之音，高唱中华文化之博大精深，阳刚正气。诗人词家之脉搏，同母亲河之脉搏一起跳动，那是绵延不断的民族颂歌。中华民族秉黄河精神，奋斗不息，意气风发。诗家当有大情怀，珍惜人生，牢记初心。抑工部之高节，抒青莲之胸臆，咏盛世之辉煌，颂人间之美好。五千里外沧桑，九转峰头岁月。歌随波涛涌，诗流日月边。吟啸一曲，黄河梦远。此时无限意，再逐雨花天。

"龙文百斛鼎，笔力可独扛"，千古江山还要文心滋养。"没有优秀历史传统，没有民族人文精神，一个国家、一个民族，不打就垮。"这就是文化的力量。无论阳春白雪，抑或下里巴人，诗人们挺直脊梁，尽管身如草芥，仍然傲立于天地间，"苔花如米小，也学牡丹开"。仰观俯察，吐曜含章，把一腔情怀付诸笔端，发言为文为诗，不仅为人民群众留下了温润心灵、启迪心智、喜闻乐见的优秀作品，还彰显了中华传统文化的魅力，极大丰富、不断拓展着传统文化艺术的内涵。更让自然风光与诗文合璧，光华霁月与诗心交融，是诗人之幸，山川之幸，更是中华文化之幸。

"雄关漫道真如铁，而今迈步从头越。"今天，中华民族正在迎来从站起来、富起来到强起来的伟大飞跃。在这样一个全新的时代，诗歌担负的历史使命不言而喻，为诗歌开辟的创作空间更加广阔。"文章合为时而著，歌诗合为事而作"。 鲁迅曾说："无尽的远方，无数的人们，都与我有关。"幸逢中华民族伟大复兴的新时代，正期待着诗人们襟怀云水，兰台展卷，搜句裁章。弘扬主旋律，凝聚正能量，歌颂祖国，礼赞英雄，放歌新时代，咏颂真善美。

是为序。

序

精神气象的历史性穿越

吴辰旭

高全铭先生准备出一本《怡园诗稿》的集子，嘱我写序，我顿时有了精神气象穿越历史时空的强烈感觉。

何以故？榆中青城高氏，是郡望大户，明清以降，俊彦辈出，先生祖上高士林，耕读有道，家境殷渥，处乱世而隐逸不仕，辟林苑而聚贤啸饮，设私塾而培育后昆，筑吟坛而诗酒酬唱。当年这个青城最大的私家林园，就叫"怡园"。时光不居，倏忽百数年，海尘陆岸，天地翻覆，物象早不复存在，而气韵却流贯至今，这本诗集就是证明，一个"怡"字，让精神气象穿越古今。

因了青城诗会的几次雅聚，有幸认识了全铭先生；因了青城长联的详尽诠释，增进了我对全铭先生的认知：人品端严，学识通博，低调腼腆，处事谨慎，好学不怠。其实写古典诗词，全铭先生也没几年，如今各体皆能，且出手不俗，这本诗集所遴选的 520 多首诗词，大多气格清迈，推敲工致，多涵哲理，耐人咀嚼。

诗是心灵的密码，精神的气象。而一个人的精神气象是如何形成的？除了时代风习的陶冶、家族基因的遗传，窃以为主要是家风的历史性穿越。物质的怡园早就不复存在了，而精神的怡园却穿越历史空间，在全铭身上得到了跨代体现。那种在诗行里弥散的淡雅、严谨、高逸、恬适的生活气息，散发出灵魂的香味。精神跨代穿越，这不啻是一个亟待研究的有趣现象。

全铭正处盛年，他的诗词亦如此，愿以这次诗集的结集出版为契机，让青城高氏这种独特的精神气象得以升华，与时代精神相耦合，以诗的形态为中华优秀传统文化注入一股涓涓清流。

2023 年 6 月 18 日癸卯盛夏

目录

丽江行 …………………………………… 001
乾陵奇遇 ………………………………… 001
华山金锁关 ……………………………… 002
太白山秋景 ……………………………… 002
井冈山抒怀 ……………………………… 003
历震感言 ………………………………… 003
《西游记》读后 ………………………… 004
壬辰中秋登黄鹤楼 ……………………… 004
夜宿仙女镇 ……………………………… 005
游龙桥天坑 ……………………………… 005
杜甫草堂吟怀 …………………………… 006
谒武侯祠 ………………………………… 006
壬辰中秋回乡即兴 ……………………… 006
登崆峒山 ………………………………… 007
法门寺有悟 ……………………………… 007
白塔山感言 ……………………………… 007
平遥古城行吟 …………………………… 008

平遥票号有感 …………………………………………… 008

乔家大院即兴 …………………………………………… 009

延安宝塔山所思 ………………………………………… 009

酒泉航天城 ……………………………………………… 010

河西行 …………………………………………………… 010

穿越腾格里沙漠 ………………………………………… 011

登泰山感赋 ……………………………………………… 011

婺源纪行 ………………………………………………… 012

九寨沟 …………………………………………………… 012

拜谒孔府孔庙 …………………………………………… 013

瞻孔林 …………………………………………………… 013

贵清山游记 ……………………………………………… 014

遮阳山纪行 ……………………………………………… 014

母亲去世三周年祭 ……………………………………… 015

青海湖印象 ……………………………………………… 015

夏威夷大风口 …………………………………………… 015

夏威夷海滩即兴 ………………………………………… 016

纽约纪行 ………………………………………………… 016

大英博物馆无语 ………………………………………… 016

北欧三国印象 …………………………………………… 017

丹麦《海的女儿》塑像处即兴 ………………………… 017

安徒生塑像前 …………………………………………… 017

欣赏杨立强先生赠画 …………………………………… 018

癸巳开春黄河岸边 ……………………………………… 018

武夷山游记	019
三星堆感赋	019
清明节又起沙尘暴	020
蜀南竹海感赋	020
宜宾三江口览胜	021
西部大峡谷温泉感念	021
赴通渭温泉遇雨	022
天水植物园小住	022
石佛沟游记	022
榆中北山行吟	023
毕业30年同学聚会	023
沙湖印象	024
银川西部影视城	024
走访固原九彩坪	025
天边的草原	025
静宁之秋	026
写在蛇年除夕午后	026
雪后登白塔山抒怀	027
甲午春日登山极目	027
春晖苑感言	028
阳坝驻足	028
西狭游记	029
成县杜公祠感赋	029
和政古生物化石观感	030

松鸣岩随笔	030
张掖丹霞地质公园	031
过达坂山	031
冶力关随从地质专家	032
腊子口遥思	032
赴台抒怀	033
日月潭	033
阿里山	034
黄埔军校静思	034
参观金徽酒厂	035
雅聚春晖苑	035
乙未暮春游徽县严坪	035
拜访杨立强先生	036
西江月·永泰龟城怀古	036
印象西湖	037
乙未初夏携友游杭州西溪	037
承德感赋	038
茶卡盐湖	038
林芝行纪	038
鹧鸪天·进藏路上	039
康定抒怀	039
西江月·泸定桥头思先烈	040
减字木兰花·川西蜀道行	040
青木川古镇	041

阆中古城 …………………………………………… 041

参加北大浙大学习有感 …………………………… 042

减字木兰花·圆明园 ……………………………… 042

清明登山即兴 ……………………………………… 043

云南石林游记 ……………………………………… 043

腾冲热海大滚锅即兴 ……………………………… 043

西江月·茶马古道感赋 …………………………… 044

大理抒怀 …………………………………………… 044

拜谒莫高窟 ………………………………………… 045

鸣沙山月牙泉随吟 ………………………………… 045

敦煌西行记 ………………………………………… 045

登嘉峪关城楼 ……………………………………… 046

丙申夏至随想 ……………………………………… 046

夏至海螺沟 ………………………………………… 046

丙申再赴康定 ……………………………………… 047

浣溪沙·稻城亚丁印象 …………………………… 047

色达佛学院有感 …………………………………… 048

再登遮阳山 ………………………………………… 048

徽县银杏林吟句 …………………………………… 048

鹧鸪天·秦岭秋行 ………………………………… 049

秋登太白山 ………………………………………… 049

丙申秋再游西湖 …………………………………… 050

拜谒普陀山 ………………………………………… 050

丙申秋小居杭州西湖茅家埠 ……………………… 050

丙申腊月陈琳先生退休有纪 …………………………… 051
丁酉春雪 ……………………………………………… 051
西江月·丁酉初春大雪后登山 ………………………… 052
新区半月后回城所见 …………………………………… 052
西江月·献给兰州新区建设者 ………………………… 053
晨练随笔 ……………………………………………… 053
条城感赋二首 ………………………………………… 054
减字木兰花·扎龙沟赏秋 ……………………………… 055
咏　菊 ………………………………………………… 055
西江月·咏秋 …………………………………………… 056
卜算子·悲秋 …………………………………………… 056
卜算子·朱雀湖秋思 …………………………………… 057
丁酉冬至即兴 ………………………………………… 057
采桑子·深秋抒怀 ……………………………………… 058
贺《青城诗词》首发式成功 …………………………… 058
唐蕃古道文物展观后 …………………………………… 059
电影《芳华》观后感 …………………………………… 059
《冰花男孩》有感 ……………………………………… 059
奉和匡晖女史诗《冰花男孩》 ………………………… 060
除夕随笔 ……………………………………………… 060
登甘谷大象山 ………………………………………… 060
忆秦娥·风沙雪 ………………………………………… 061
天水南郭寺 …………………………………………… 061
忆秦娥·扎尕那 ………………………………………… 062

扎尕那游记	062
卜算子·盛夏忽遇暴雨大雾	063
西江月·新区花季	063
石门水库即兴	064
三游冶力关	064
武当山抒怀	064
浣溪沙·武当山太子坡	065
神农架随笔	065
谒神农坛	066
登神农顶	066
减字木兰花·神农架大九湖	066
己亥正月新区鼓王争霸赛观感	067
开春随笔	067
观兰州收藏艺术品展	067
卜算子·谷雨	068
伤　春	068
千佛崖游记	069
天赐温泉	069
翠云廊纪行	069
灞陵桥怀古	070
渭河源探幽	070
西江月·渭源	070
如梦令·暮春喜雨	071
西江月·花季抒怀	071

减字木兰花·晴望川古镇品茗 …………………… 072
己亥中秋得孙弄璋志喜 …………………………… 072
临江仙·秦王川湿地公园秋色 …………………… 073
尖山庙古堡探幽 …………………………………… 073
步定川先生诗韵挽秀龙 …………………………… 074
悼魏秀龙同志 ……………………………………… 074
己亥腊八随想 ……………………………………… 074
元旦感怀 …………………………………………… 075
与定川先生同观画展即兴 ………………………… 075
惊蛰寄语 …………………………………………… 075
己亥腊月雅聚迎春 ………………………………… 076
庚子除夕有感 ……………………………………… 076
正月十五随笔 ……………………………………… 076
援武汉 ……………………………………………… 077
回乡偶书二首 ……………………………………… 077
行香子·春日白塔山 ……………………………… 078
河边看柳怀古 ……………………………………… 078
浣溪沙·春晨漫步 ………………………………… 079
庚子春日感叹 ……………………………………… 079
为赴武汉抗疫的女医务工作者题 ………………… 080
步匡晖庚子燎疳节诗韵 …………………………… 080
题庚子春武大樱花 ………………………………… 080
咏　燕 ……………………………………………… 081
雨后登山 …………………………………………… 081

乙亥初夏与诸友兰山赏牡丹 …………………………… 081

清平乐·夜观牡丹 ………………………………………… 082

贺高步明令堂九十寿诞 …………………………………… 082

行香子·武山水帘洞 ……………………………………… 083

行香子·庚子夏至返梓 …………………………………… 083

清平乐·雨后登山 ………………………………………… 084

清平乐·刘家峡水库 ……………………………………… 084

炳灵寺石窟 ………………………………………………… 085

菩萨蛮·炳灵寺怀古 ……………………………………… 085

浪淘沙·山庄品果 ………………………………………… 086

西江月·武山温泉 ………………………………………… 086

南乡子·故乡荷塘 ………………………………………… 087

五泉山得句 ………………………………………………… 087

悼王巨洲先生 ……………………………………………… 088

对联感言 …………………………………………………… 088

青城雅咏十七首 …………………………………………… 089

庚子秋雅集青城拈韵得"青"字 ………………………… 092

临江仙·黄崖山游记 ……………………………………… 092

西江月·咏桃园赠苏志文先生 …………………………… 093

西江月·过龙山赞李联桂老夫子 ………………………… 093

月上海棠·忆雅集 ………………………………………… 094

行香子·安宁抒怀 ………………………………………… 094

蝶恋花·桃乡雅集 ………………………………………… 095

安宁秋行 …………………………………………………… 095

忆首届桃花会 ······ 096

乘缆车登兰山 ······ 096

庚子秋登兰山 ······ 096

两山绿化有感 ······ 097

西江月·赞吴定川陇上山花组画 ······ 097

临江仙·烟雨楼雅集 ······ 098

水调歌头·兰山赋秋 ······ 098

西江月·喜鹊 ······ 099

楹联学会雅集 ······ 099

如梦令·兴隆山赏秋 ······ 100

兴隆山秋游 ······ 100

西江月·庚子中秋无月 ······ 101

贺兰州诗词学会成立 ······ 101

兰州皋兰两级诗词学会成立志贺 ······ 102

西江月·贺兰州皋兰诗词学会成立 ······ 102

天净沙·贺兰州诗词学会成立 ······ 103

渔歌子·兰州诗会抒怀 ······ 103

贺"沁古著影"展览赞薛虎峻先生 ······ 104

卜算子·庚子重阳节 ······ 104

清平乐·次韵张建平先生创城礼赞 ······ 105

小雪随想 ······ 105

行香子·月旦咏三泡台茶 ······ 106

采桑子·深秋 ······ 106

浣溪沙·大雪节前遇雪 ······ 107

西江月·月旦咏高跟鞋	107
月旦戏题高跟鞋	108
诉衷情·登高思家乡	108
庚子冬至练笔	109
临江仙·黄河母亲雕塑	109
甘肃画院30周年精品展	110
元旦零起点工作室雅集拈韵得"新"字	110
浣溪沙·零起点工作室二首	111
元旦雅集拈韵得"领"字三首	112
吴辰旭先生赞	113
相见欢·好雨轩迎新	113
题新科园艺公司	114
水调歌头·参加省人代会抒怀	114
参加省人代会寄语	115
辛丑除夕夜	115
读《条城颂》有感	115
元宵节记忆	116
买元宵所见	116
脱贫感言	116
戍边英雄赞	117
辛丑拜年所见	117
西江月·月旦同咏结婚二首	118
西江月·沙尘暴	119
沙尘暴	119

目录	页码
奉和秋子先生《春雪二咏》	120
奉和宗孝祖先生诗《喜雪》	120
贺张举鹏先生作品集出版	121
清明前喜雨	121
集句诗	121
省楹联书画院辛丑上巳雅集次丰谷诗韵	122
满江红·赞敬老工程	122
满江红·庆建党百年	123
谷雨参加省人代会感言	123
清明滨河随笔	124
擀　面	124
水墨丹霞二首	125
行香子·临洮	125
夏至林中饮茶	126
咏左公柳	126
小满喜雨	126
悼袁隆平院士二首	127
小满登山	127
贺明朝·六一吟怀	128
月旦洗衣机杂咏五首	128
行香子·贺赵建利先生六十寿诞	129
辛丑端午栖云小镇雅集拈韵得"园"字二首	130
临江仙·端午吟	131
李家庄端午行纪三首	131

栖云小镇《如意甘肃》裸眼 3D 电影观感 …………… 132
采桑子·栖云小镇三首 …………… 132
观甘肃庆祝建党 100 周年书法展 …………… 133
登高即兴 …………… 134
七一雅集抒怀 …………… 134
夏游兴隆山 …………… 134
月旦共咏沙发 …………… 135
纳凉大尖山 …………… 135
八一节感怀 …………… 136
减字木兰花·增补为省诗研会理事感言 …………… 136
省诗研会雅集抒怀二首 …………… 137
吴定川先生赠画欣赏 …………… 137
收得范有信骆驼图为纪 …………… 138
辛丑中元节有祭 …………… 138
祝贺清流诗社成立 …………… 138
贺黄河诗社成立并黄河诗阵创刊五首 …………… 139
点绛唇·贺黄河诗社成立 …………… 140
连城张家沟自然保护区 …………… 140
水调歌头·杜家湾水电站寄语 …………… 141
临江仙·题无名氏图画 …………… 141
阮郎归·题图 …………… 142
采桑子·秋访山庄 …………… 142
中秋前小西湖遇雨 …………… 143
漳县秋行 …………… 143

标题	页码
中秋集句	144
西江月·中秋集句	144
中秋	145
西江月·中秋征稿犯难	145
黄崖雅集拈韵得"丽"字	146
清平乐·黄崖仙山	146
诉衷情·黄崖行三首	147
青城文化研究会重阳雅集拈韵得"抱"字	148
贺《青城诗刊》新编兼赠明凯	149
月旦咏挖掘机	149
获奖感言	149
栖云小镇采风集五首	150
重阳节	151
贺陈田贵先生诗集《逸兴挥笺》出版	151
贺陈田贵先生《逸兴挥笺》研讨会召开	151
戏咏和尚	152
武山摘果节有寄	152
赞社区抗疫义工	152
疫中瑞雪随吟三首	153
浣溪沙·社区值守者	154
练笔晒字戏语	154
水调歌头·赞党的十九届六中全会	155
月旦咏长颈鹿	155
阮郎归·小雪节前遇雪	156

清平乐·婚宴凑趣分韵得"卧"字 ……………… 156
鹧鸪天·元旦抒怀 ……………………………… 157
冬至感怀 ………………………………………… 157
春日随笔 ………………………………………… 157
咏兰花 …………………………………………… 158
王传明教授赠大著《齐西野语》读后 ………… 158
祝贺庆阳县楹联诗词学会成立 ………………… 158
迎春书联送福 …………………………………… 159
回家过年三则 …………………………………… 159
赞冰雪奥运会 …………………………………… 160
西江月·初春雪后登山 ………………………… 160
携友通渭观兰亭书展 …………………………… 161
西江月·元宵雅集抒怀 ………………………… 161
雨水感怀 ………………………………………… 162
定风波·春日无题 ……………………………… 162
二月二龙抬头 …………………………………… 163
喝火令·壬寅元宵感事 ………………………… 163
三八节有赞 ……………………………………… 164
清平乐·踏春随吟 ……………………………… 164
西江月·河滨春思 ……………………………… 165
春日随笔 ………………………………………… 165
西江月·月旦咏火锅 …………………………… 166
清明寄怀 ………………………………………… 166
西江月·春日遣怀 ……………………………… 167

清平乐·暮春咏叹	167
忆秦娥·无题	168
春疫抒怀	168
减字木兰花·春暮喜雨	169
水调歌头·省十四次党代会寄语	169
清平乐·立夏登高览胜	170
月旦咏鸡蛋	170
山前喜燕	171
苦菜吟	171
花间吟	171
牡丹吟	172
初夏吟	172
得翟万益薛虎峻制印大喜	172
虎年说虎峻	173
荷塘即兴	173
次韵徐维强先生三题马蹄莲画诗韵	174
省诗研会端午雅集因事未赴赋此	175
省诗歌创研会公众号百期志庆	175
省诗研会刊发本人专辑感言	175
为毁麦青储事步秋子先生诗韵	176
次韵梦石先生诗韵	176
奉和王传明教授诗韵	176
题贺牟国君先生书画展	177
无　题	177

崆山逶迤题景	177
临江仙·雨后登山	178
《青城诗词》刊发本人专辑题记	178
庆建党101周年暨香港回归25周年	179
获奖随吟	179
书画博览栏目索字有答	179
临江仙·月旦瓶装水	180
栖云小镇采风因事未赴有寄	180
疫中随吟	181
山坡羊·疫中感怀二首	181
疫中戏说七夕二首	182
鹊桥仙·七夕月旦随咏	183
疫中记忆	183
壬寅第一场秋雨后	184
《黄河诗阵》周年志庆	184
居家避疫六则	185
采桑子·壬寅中秋恰逢教师节	186
贺德康国医馆开业分韵"宗"字	187
次韵徐维强诗《壬寅秋日返乡途中》	187
西江月·中秋雅集有感	188
壬寅重阳居家	188
七月至今第六次被封有记	189
贺中国女篮获世杯赛亚军	189
赋得秋花危石底得"秋"字	190

篇目	页码
临江仙·国庆	190
居家读莫言	191
秋登九州台	191
诉衷情·庆党的二十大	191
贺徐维强先生荣获"甘棠奖"	192
次韵廖海洋先生《即景》二首	192
贺万源市荣获中华诗词学会"诗词示范市"	193
河滨健步	193
壬寅寒衣节有寄	193
步韵秋子先生《喜雨》诗	194
贺省诗研会公众号百期志喜	194
静默抒怀	194
下厨感吟	195
赋得明月出天山得"天"字	195
相思引·初冬解封抒怀	196
临江仙·夜行街市	196
赞天水麦积龙凤村百亩金丝皇菊	197
春华秋实	197
出门感言	197
夜行有思	198
西江月·闻阳感叹	198
壬寅初冬登白塔山	199
元旦寄语	199
腊八有感	199

赋得梅花残腊月得"残"字	200
次韵廖海洋先生诗《春晚即事》	200
书联送福	200
鹧鸪天·除夕	201
初三省亲	201
西江月·社火闹春	202
赋得东风夜放花千树得"东"字	202
临帖偶思	203
《青城诗词》微刊一周年迎春拈韵得"新"字	203
次韵陈琳先生咏梅诗	203
踏雪三则	204
奉和冯修齐先生八十初度诗韵恭祝寿诞	205
观博物馆国宝书画展有感	205
赋得春风不度玉门关得"春"字	206
春日随笔	206
春夕行吟	206
踏春即兴	207
题三八节二首	207
兔年咏兔	208
临江仙·春日抒怀	209
菩萨蛮·清明祭	209
南乡一剪梅·春花	210
舟曲行四首	210
行香子·舟曲行	212

次韵梦石先生《街头见花片有感》⋯⋯⋯⋯⋯ 212
河岸咏絮 ⋯⋯⋯⋯⋯⋯⋯⋯⋯⋯⋯⋯⋯⋯⋯ 212
浣溪沙·奉和秋水依依词韵 ⋯⋯⋯⋯⋯⋯⋯⋯ 213
寒食雅集次韵丰谷先生 ⋯⋯⋯⋯⋯⋯⋯⋯⋯⋯ 213
癸卯寒食雅集奉和王传明先生 ⋯⋯⋯⋯⋯⋯⋯ 214
纪念一条山战役 ⋯⋯⋯⋯⋯⋯⋯⋯⋯⋯⋯⋯⋯ 214
赋得霜叶红于二月花得"霜"字 ⋯⋯⋯⋯⋯⋯⋯ 215
五一雅集拈韵得"滋"字 ⋯⋯⋯⋯⋯⋯⋯⋯⋯⋯ 215
登黄河楼抒怀 ⋯⋯⋯⋯⋯⋯⋯⋯⋯⋯⋯⋯⋯⋯ 216
游百合公园兼赠修忠同志 ⋯⋯⋯⋯⋯⋯⋯⋯⋯ 216
走访结对帮扶户 ⋯⋯⋯⋯⋯⋯⋯⋯⋯⋯⋯⋯⋯ 217
少年游·癸卯端午 ⋯⋯⋯⋯⋯⋯⋯⋯⋯⋯⋯⋯ 217

后记 ⋯⋯⋯⋯⋯⋯⋯⋯⋯⋯⋯⋯⋯⋯⋯⋯⋯⋯ 218

丽江行

画里山川客里身,千程跨入丽江门。
一潭碧水穿街巷,七座雪峰插霁云。
东巴图文传秘史,纳西古乐唱乡魂。
人称木府明高义,华夏一家四海春。

(2004 年 9 月)

乾陵奇遇

再度谒乾陵,朝辞古都城。
殷勤酬远客,陪伴有良朋。
无字碑前立,有缘路上逢。
因闻仙道语,惊叹不能名。

(2006 年 7 月)

华山金锁关

华山自古一条道，险处难言金锁关。
下瞰危岩千丈底，前观龙脊一人宽。
幡条累累许心事，铁索沉沉定夙缘。
临涧坐思兴亡事，不知万壑起云烟。

（2006年7月）

太白山秋景

登顶惊呼太白山，奇峰高耸入云天。
千年栈道留陈迹，百折台阶入险巅。
白雾如纱迷客路，红松似火耀身边。
凌霄隔绝凡尘世，到此感怀天地宽。

（2006年7月）

井冈山抒怀

莽莽苍苍大山林，当年虎啸又龙吟。
悬崖飞瀑流经远，小道挑粮印迹深。
座座奇峰星火炬，层层田野稻香村。
如虬松柏擎天地，翠竹满山写硕勋。

（2007年8月）

历震感言

不幸天灾降汶川，山崩地裂动河岳。
家园到处成废墟，万众瞬间遭梦噩。
遇难方知真爱存，回头更觉平安乐。
但祈家国多和谐，何计患失和患得。

（2008年5月12日）

《西游记》读后

鬼神乱象困大千，解惑高僧取经篇。
撒泼妖魔通百变，发威大圣会群仙。
超然洞府凌霄外，做孽家牲闹世间。
作浪兴风谁料得，原来出自庙堂边。

（2012 年 3 月）

壬辰中秋登黄鹤楼

搁笔亭前黄鹤楼，古琴台畔草芳洲。
大江浪涌龟蛇静，落日云霞燕雀悠。
笑指彩虹跨碧水，思追起义谒红楼。
当年霹雳一声响，帝座倾摇到尽头。

（2012 年 9 月）

夜宿仙女镇

才别百步亭,又赴五龙村。
小道盘高险,乌云蔽日昏。
清潭初染色,翠岫远纤尘。
浅酌红花酒,仙女醉客心。

(2012 年 9 月)

游龙桥天坑

女娲采石补苍穹,传说武隆挖大坑。
几处飞泉悬百尺,四围绝壁立千仞。
花溪曲水流幽谷,龙骨长桥入碧空。
莫叹神工和鬼斧,应做桃花源中耕。

(2012 年 9 月)

杜甫草堂吟怀

走过花溪不欲行，坐闻草堂咏怀声。
遥思茅屋秋风破，却抵锦官半座城。

(2012 年 9 月)

谒武侯祠

昭烈武侯两庙堂，闻名有蜀汉丞相。
一答两表酬三顾，六出七擒震八方。
帷幄运筹施妙略，鞠躬尽瘁表衷肠。
于今试问锦囊计，立马东洋保海疆。

(2012 年 9 月)

壬辰中秋回乡即兴

枣熟菊花黄，风清月季香。
开锅掂玉米，酌酒话丰粮。
果树飘鲜味，炊烟隐日光。
东山升皓月，万户喜洋洋。

(2012 年 10 月)

登崆峒山

崆峒陇上一名山，黄帝相传问道仙。
石壁巍峨拔地起，禅堂错落入云端。
眼前树叶千层染，脚下天梯一步宽。
更喜苍松迎远客，玄崖吐液有神泉。

(2012年10月)

法门寺有悟

佛家名胜地，法门寺相期。
宝塔祥光照，金函舍利奇。
梵音清几许，香火旺何极。
一念惟存善，心中即菩提。

(2012年10月)

白塔山感言

白塔树森森，背冰汗水汹。
登临无俗客，感悟有何人？

(2012年10月)

平遥古城行吟

平遥胜地久倾心，瓦舍长街古韵存。
票汇长江南到北，货通大漠冬连春。
置身县府沉思久，驻足城门道印深。
今日登城谁可问，曾经哪户是豪门？

（2012年8月）

平遥票号有感

久闻商贾地，今作旅游人。
漫步残砖路，轻推老扇门。
银行追鼻祖，票号是前身。
汇兑通天下，时观耳目新。

（2012年8月）

乔家大院即兴

乔家大院远名扬,富甲一方为晋商。
庭宇深深存绮梦,楼台寂寂逝辉煌。
先人黄豆磨琼液,后辈红灯挂粉墙。
坐看堂前飞燕去,飞檐斗拱映斜阳。

(2012年8月)

延安宝塔山所思

宝塔太阳升,延河水色清。
藏龙卧虎地,遣将调兵声。
决胜千城外,运筹一洞中。
回眸嘉岭望,灯火共长明。

(2010年10月)

酒泉航天城

茫茫戈壁阔无垠，铁塔巍巍立昊穹。
发射中心存浩气，问天阁里有丹心。
君为宇宙观光客，我羡太空漫步人。
今日东风缘未了，何时有幸复登临。

（2011 年 10 月）

河西行

一日行千里，中秋奔向西。
沙洲红日艳，戈壁塞风急。
远望祁连雪，轻掊月牙泥。
先游丝路景，再读戍边诗。

（2011 年 10 月）

穿越腾格里沙漠

朝辞弱水胡杨林,千里驱车野似银。
烈烈晴空无鸟迹,茫茫戈壁少人音。
捡寻玛瑙添情趣,横卧沙堆可静心。
天地时人随造化,悠悠两忘远红尘。

(2011 年 10 月)

登泰山感赋

久慕泰山雄,今日上顶峰。
松吟千壑秀,石造万年功。
拾级参神庙,拨岚读碑铭。
云开玉佛阁,雾锁南天星。
岱岳东昂首,昆仑西跃腾。
绵延千万里,一脉谓神龙。

(2011 年 5 月)

婺源纪行

山环水绕碧连天，人杰地灵数婺源。
龙尾砚随才子出，马头墙映巨商还。
乡村清雅李家坑，祠庙声名江姓湾。
最喜西湖虹彩桥，飘摇风雨近千年。

（2008年9月）

九寨沟

霞蔚一山秋，溪鸣翠谷幽。
一湖呈五彩，九寨布三沟。
飞瀑从天落，浮云似水流。
人间仙境地，欲别再回眸。

（2008年10月）

拜谒孔府孔庙

山东曲阜久倾心,光耀千秋一圣人。
孔府煌煌传后代,庙堂穆穆奉师尊。
文明古脉承华夏,仁义清风贯古今。
有幸于兹瞻事迹,无言世事少知音。

(2011年5月)

瞻孔林

曲阜正逢春,寻芳在水滨。
柏松荫御道,洙泗绕孔林。
瞻仰先圣墓,犹思驻跸人。
留芳千古地,不染一丝尘。

(2011年5月)

贵清山游记

春和日丽访贵清,探险寻幽峡底行。
素练飞流声震谷,笔峰直插写苍穹。
山花烂漫蝶翩舞,泉水叮咚鸟和声。
断涧天桥抬眼望,千峰竞秀更峥嵘。

(2012年5月)

遮阳山纪行

千寻壁立一缝天,溪水流出百丈关。
曲径通幽无见日,远峰积雪白云边。

(2012年5月)

母亲去世三周年祭

梦魇三年痛彻身,娘亲如昨别凡尘。
一朝永诀心滴血,三更常思泪满巾。
感念家慈恩泽大,愧为人子悔怅深。
瑶池祈祷添新座,赐母逍遥极乐临。

(2012年11月15日)

青海湖印象

东方升旭日,万里彩云霓。
浩渺知青海,烟波起藏区。
花黄人最乐,水碧鸟深迷。
最爱湖中岛,堪称第一奇。

(2010年7月)

夏威夷大风口

驱车跃上大风口,绝壁三环云拂头。
吹面冲飙无法语,珍珠海港眼前收。

(2012年5月)

夏威夷海滩即兴

碧海茫茫白浪汹,滩头缓缓荡椰风。
游人不管鸥飞戏,三两悠闲坐卧中。

(2012 年 5 月)

纽约纪行

初来曼哈顿,谈笑地球村。
路畔夸牛劲,船头望女神。
尘埃双子塔,股市一街云。
百年繁华地,为何不得宁。

(2012 年 5 月)

大英博物馆无语

珍宝琳琅满展台,遥观近赏久徘徊。
为何华夏之文物,流失他乡异域来。

(2010 年 7 月)

北欧三国印象

七月北欧红日艳,一年难得此时欢。
俊男健步行花道,靓女沐阳卧草滩。
晚聚喧嚣夜半后,晨眠寂静日三竿。
轻松本是无牵挂,富足人人好静闲。

(2010年7月)

丹麦《海的女儿》塑像处即兴

鸥飞浪卷白云闲,巨石空空卧岸边。
海的女儿何处去,邀飞上海世博园。

(2010年7月)

安徒生塑像前

轻摩塑像说先生,作品发行比《圣经》。
世界风云多少客,君前一笑是儿童。

(2010年7月)

欣赏杨立强先生赠画

酒酣畅叙话人生，泼墨杨公绘丹青。
远看青山含紫气，长流碧水映霞红。
三间茅舍嚣尘远，两岸垂绦画意浓。
谁似村姑晨起早，悠然放牧南山中。

（2013年1月）

癸巳开春黄河岸边

和煦春风润秀川，沙尘过后艳阳天。
连翘早绽添春意，柳芽初伸破岁残。
携手情人来漫步，抬头稚子放飞鸢。
一年美景知时节，劝你珍惜莫等闲。

（2013年3月）

武夷山游记

九曲溪中竹筏稠,诗情画意碧山头。
船夫挥槁欢歌起,墨客摩崖字迹留。
仙女奇峰招远客,观音贡茗品清悠。
朱熹精舍坐江岸,静伴清溪活水流。

(2010年6月)

三星堆感赋

德阳城外土三堆,巴蜀文明放异辉。
金杖金鸡金面具,玉剑玉璋玉琮杯。
尚存招耳闻遥远,更有纵目察细微。
华夏文明惊世界,流连忘返不思归。

(2011年9月)

清明节又起沙尘暴

天空谁在洒沙尘，草木失容日色昏。
飞鸟收翅归洞穴，行人掩面返家门。
风扬四野可停息，土蔽九霄终下沉。
毕竟春光遮不住，明朝依旧万花芬。

（2013年4月）

蜀南竹海感赋

北国漫天扬土尘，行游蜀地景缤纷。
山因广竹而夸海，水却无染堪醉心。
林下偶思七隐士，溪边对饮五粮春。
乘飞峡谷凌空望，远处群峰起祥云。

（2013年4月）

宜宾三江口览胜

才别蜀南紫竹林,顺流又至合江门。
金沙水汇岷川口,白塔山分陇客心。
古埠千年称酒都,长江万里始宜宾。
眼前波浪奔腾去,但愿安澜惠万民。

（2013 年 4 月）

西部大峡谷温泉感念

青山半隐小山庄,绿树红花秀水长。
雾气濛濛升碧落,汤池叠叠映斜阳。
抬头鬼斧开幽谷,俯瞰人工锁大江。
此处纵然千样好,芦山每念亦悲伤。

（2013 年 4 月 20 日雅安市芦山发生地震）

赴通渭温泉遇雨

柳绿花红四月天，相邀通渭洗温泉。
汤池水滑不足道，天降甘霖润秀川。

（2013 年 5 月）

天水植物园小住

秦州小陇山，树木可参天。
花发溪流畔，蝉鸣树杪间。
远峰朝麦积，绝壁挂珠帘。
此处多禅意，回首说洞仙。

（2013 年 5 月）

石佛沟游记

岘口过前村，驱车翠谷氤。
金殿倚危石，白塔拂流云。
微雨添岚色，清风送梵音。
林深藏石佛，洞窟奈何寻。

（2013 年 6 月）

榆中北山行吟

扶贫榆中北山行,一路盘旋似半空。
梯地层层摇碧浪,山梁道道显葱茏。
寒窑昔日熬灯盏,街市如今焕彩虹。
祖辈何曾知此福,春风澍雨惠民生。

(2013 年 7 月)

毕业 30 年同学聚会

岁月沧桑改面容,卅年相聚又相逢。
举杯似醉从前事,牵手当真说旧情。
两载同窗修学业,一朝离校奔西东。
岂知难见亦难别,只有殷殷祝福声。

(2013 年 8 月)

沙湖印象

波光万顷碧连天,遥望贺兰一片山。
瀚海连绵知塞北,芦花摇曳识江南。
湖中才赏莲蓬美,岸上又品鲤尾鲜。
塞外缘何多美景,黄河水富米粮川。

(2013年9月)

银川西部影视城

传闻古堡自明清,盛世观光影视城。
游客如流观世态,众星络绎演人生。
文坛不见终结者,影院还听牧马声。
喜看荒滩留胜迹,至今守望高粱红。

(2013年9月)

走访固原九彩坪

秋登九彩坪，岭色更葱茏。
古堡经年久，长廊达远峰。
开山明教义，面壁苦修行。
处世人为本，清真享盛名。

（2013年9月）

天边的草原

一望无边草似毡，斜阳映照说金滩。
桑科依北连欧拉，若尔盖南接松潘。
喜看牧人生活好，却思战士路途难。
当年沼泽今安在，千里高原已焕颜。

（2013年10月）

静宁之秋

深秋赴静宁,行在雾云中。
隐隐葫芦水,遥遥李店村。
千山花已谢,十月果方红。
富士尝鲜味,香甜不可名。

(2013 年 11 月)

写在蛇年除夕午后

恍然又是一年春,独坐犹闻马蹄音。
镜里搔头添白发,案前着手又劳心。
思今成就知非大,忆旧用功算是深。
福祉今祈新岁降,亲朋快乐梦成真。

(2014 年 1 月 30 日)

雪后登白塔山抒怀

晨登白塔山,一色到无边。
俯瞰银铺地,抬头玉砌天。
大河流碧水,远岭接云烟。
最喜开春雪,飘飘兆瑞年。

(2014 年 2 月)

甲午春日登山极目

春风浩荡艳阳天,高处方知眼界宽。
奔涌黄河连海隅,巍峨兰岭起云烟。
山花有意开新蕾,岸柳无心换旧颜。
正是一年风景好,谁知香袅凤林关。

(2014 年 3 月)

春晖苑感言

此是恩师旧宅田,青山如黛水如烟。
花栽半亩芳邻里,舍有三间向老泉。
迈步当年求索去,寻根此际报恩还。
谁解主人其中意,游子归来春满园。

(2014 年 5 月)

阳坝驻足

五月沙尘大,驱车向阳坝。
行游秀水旁,驻足青山下。
微雨添岚烟,和风送清雅。
早知此处幽,何必走天下。

(2014 年 5 月)

西狭游记

绝壁危岩十里峡,流珠泻瀑信堪夸。
青峰郁郁招游客,碧水澄澄映彩霞。
才步栈桥临浚涧,又攀索链过悬崖。
黄龙碑刻摩天井,今幸得观况味佳。

(2014 年 5 月)

成县杜公祠感赋

凤凰山麓杜公祠,久慕访寻意恐迟。
诗圣当时逢战乱,草堂此际缺衣食。
沿途受尽千般苦,落难吟成万古诗。
胜迹今瞻怀敬仰,《七歌》读罢作长思。

(2014 年 5 月)

和政古生物化石观感

大千世界许多奇,谁于我解四纪期。
和政初闻铲齿象,河州又识披毛犀。
展厅内外连声叹,化石旁边再问疑。
动物曾经栖息地,桑田沧海几多迷。

(2014年6月)

松鸣岩随笔

危崖接九天,栈道又盘盘。
雨过千重岭,松鸣万丈岩。
凌霄参庙宇,探涧掬清泉。
欲做山中客,飘飘已忘年。

(2014年6月)

张掖丹霞地质公园

大地呈七彩,丹霞亮眼前。
有形还有色,如幻亦如斓。
人赏一时景,天工亿万年。
谁知荒漠地,已变宝财山。

(2014年9月)

过达坂山

驱车达坂山,高路入云端。
回望行经处,恍然若接天。

(2014年9月)

冶力关随从地质专家

重来此地游，一别十余秋。
城镇新风貌，景区老水沟。
山间知造化，林壑探清幽。
指点多鸿儒，孜孜学不休。

（2014年9月）

腊子口遥思

叠秀嵯峨铁尺梁，绵延百里为屏障。
白洮两水分南北，腊子一关扼藏羌。
翠谷于今留胜迹，红军昔日战沙场。
阴云欲散天将晓，滚滚洪流岂可防。

（2015年10月）

赴台抒怀

风云海峡许多年，毕竟时光在变迁。
早上伸腰珠水岸，午间落座桃源边。
往来感受三通好，岁月遥思几度艰。
祈我中华归一统，弟兄骨肉早团圆。

（2015 年 1 月）

日月潭

云雾绕青山，舟游日月潭。
东山慈恩塔，西岸行宫垣。
血脉浓于水，亲情大比天。
至今思项羽，无语说台湾。

（2015 年 1 月）

阿里山

崇山峻岭白云生,十八盘旋上翠峰。
茶树园中香茗好,幽林谷内乐心清,
姊妹双潭传说久,桧松千载根枝兴。
可叹东瀛多伐掠,于今闻道愤填膺。

(2015 年 1 月)

黄埔军校静思

静坐珠江边,遥思百年前。
列强侵领土,军阀乱家园。
热血男儿志,投身国运艰。
军魂黄埔铸,豪气薄云天。

(2015 年 1 月)

参观金徽酒厂

金徽酿酒几千年，古法传承不可言。
四面青山浮灏气，一条碧水汇甘泉。
曲池老窖经常满，酒海长存不会干。
畅饮谁能追李杜，青泥醉卧写诗篇。

(2015 年 4 月)

雅聚春晖苑

春晖雅苑会嘉宾，泼墨挥毫又赏春。
童叟闻知来看望，主人赠字谢乡邻。

(2015 年 4 月)

乙未暮春游徽县严坪

严坪气象新，春暮喜登临。
一涧悬飞瀑，环峰荡白云。
清心观岫色，谈笑品山珍。
物我杯中忘，恍如世外人。

(2015 年 4 月)

拜访杨立强先生

春来夜雨巷中幽,九树梅前笑语稠。
且看杨公挥彩笔,深情一片在成州。

(2015年4月)

西江月·永泰龟城怀古

大漠筑城险隘,祁连要塞防边。金戈铁马阻狼烟,马革裹还似见。

巷陌无寻帅府,街头尽现残垣。斜阳枯树草连天,岁月难留旧燕。

(2015年5月)

印象西湖

西湖自古轶闻多，岁月原来是首歌。
两岸微风摇翠柳，三潭明月照鳞波。
北望栖霞光岳庙，西泠印社辨崖摩。
欲觅断桥思紊绪，流连曲院赏风荷。

（2015 年 5 月）

乙未初夏携友游杭州西溪

水路十多湾，泛舟意未阑。
景明无俗气，心畅自欢颜。
漫步莲池畔，徜徉花海间。
尚书今若在，也会侣鱼鸢。

（2015 年 5 月）

承德感赋

青山郁郁水萦萦，避暑康乾造夏宫。
八座庙连楠木殿，六和塔对磬锤峰。
长城难挡两三马，一庙能消百万兵。
讨伐兼能施德政，开疆拓土始中兴。

（2015 年 7 月）

茶卡盐湖

高原无处不神奇，茶卡盐湖玉做堤。
云影波光天上镜，冰清世界让人迷。

（2015 年 8 月）

林芝行纪

蓝天白云满山松，仄路盘旋上翠峰。
米拉悬崖人迷雾，尼洋远水日光明。
牛羊点点林坡上，房舍排排稻陌中。
纵说桃源千般好，无游此处枉一生。

（2015 年 8 月）

鹧鸪天·进藏路上

日行千里不畏艰，奔驰雪域与辽原。昆冈过后五梁镇，唐古拉前三水源。

云朵朵，水蓝蓝。一条大路近天边。圣湖如镜迎宾客，布达拉宫在眼前。

（2015 年 8 月）

康定抒怀

传说溜溜康定城，几多憧憬梦萦中。
雪山永久留回忆，草地无垠任纵横。
有趣彩湖分五色，无缘花海合千顷。
丝茶古道今安在，自古康巴汉子雄。

（2015 年 8 月）

西江月·泸定桥头思先烈

几道悬空铁索,一条浪卷大川。红军强渡若等闲,天堑岂能阻拦。

岸上青山依旧,桥头雕塑巍然。凭栏望远念前贤,满目霞光灿烂。

(2015年8月)

减字木兰花·川西蜀道行

峰峦叠嶂,峭壁悬崖三万丈。仄路高山,想起诗仙蜀道难。

凄凉夜色,百转萦回人诧愕。落石惊魂,谷底时传激浪声。

(2015年8月)

青木川古镇

深山藏古镇,三省一鸡鸣,
青木川名盛,金溪水色清。
孤村生怪杰,乱世出枭雄。
多少功和过,留于后世评。

(2015 年 10 月)

阆中古城

先天太极自然形,江抱山环一古城。
巴国迁移曾别都,秦朝设县始传令。
人文荟萃闻难尽,风水玄机道不明。
世俗只知天上好,哪知阆苑在其中。

(2015 年 10 月)

参加北大浙大学习有感

青年不用功，半百兴方浓。
春读西湖畔，秋修北大中。
出行增见识，听讲壮心胸。
学后知差距，追求不可停。

（2015年10月）

减字木兰花·圆明园

残垣断壁，落木萧萧荒草地。皇室园林，肯教列强一炬焚。

仰天长叹，破败辉煌谁忍看。华夏腾飞，圆梦百年夙愿遂。

（2015年10月）

清明登山即兴

清明时节好心情,又是春来万花红。
侧耳山莺啼暖树,回眸岸柳映河清。

(2016 年 4 月)

云南石林游记

远追彩云到石林,桑田沧海总浮沉。
地有美景留游客,风送欢歌唱醉人。
奇峰百态能迷眼,碧水一湾最爽心。
无从寻访阿诗玛,但留故事说到今。

(2016 年 4 月)

腾冲热海大滚锅即兴

野谷飞流瀑布多,云蒸霞蔚满山坡。
腾冲热海谁曾见,喷涌泉池似滚锅。

(2016 年 4 月)

西江月·茶马古道感赋

古道何其困苦，腾冲几度繁华。千年商贾走天涯，汉子追寻茶马。

夜宿虫盘树下，晨翻虎阜山垭。何时衣锦早还家，却已风霜白发。

（2016年4月）

大理抒怀

三塔巍巍岭水间，高原洱海映苍山。
玉矶岛上观光客，几人留连蝴蝶泉。

（2016年4月）

拜谒莫高窟

三危佛光驻,万里丝绸路。
货物达西方,经文传乐土。
飞天洞壁图,瑞像摩崖塑。
堪比卢浮宫,敦煌藏宝库。

(2016 年 6 月)

鸣沙山月牙泉随吟

敦煌城外骆驼行,若起风时谷自鸣。
最喜沙中清泉水,碧波荡漾月牙形。

(2016 年 6 月)

敦煌西行记

黄沙戈壁漫无边,过了秦燧又汉关。
驻足雅丹魔鬼地,何曾大漠见孤烟。

(2016 年 6 月)

登嘉峪关城楼

长城西峙此雄关,筑在北南两岭间。
游客不论千古事,津津乐道一余砖。

(2016年6月)

丙申夏至随想

浮云欲遮天,世事尽悲欢。
寡欲非知足,清心可自安。
人生常守道,宦海任排迁。
明月清风在,何愁雪拥关。

(2016年6月)

夏至海螺沟

挂碍空空不必忧,驱车远走海螺沟。
蓝天白云冰峰美,绿水青山红石幽。

(2016年7月)

丙申再赴康定

江水奔腾织女梭,群山环抱甚巍峨。
千年重镇今非昔,谁在悠然唱恋歌。

(2016 年 7 月)

浣溪沙·稻城亚丁印象

百折盘旋兴未平,远山近水画中行。乡村田野倍安宁。

万顷花开铺草地,三座雪峰入云层。清溪侧畔梵钟声。

(2016 年 7 月)

色达佛学院有感

高原游佛国,清静又恢宏。
有路皆居士,无人不侣僧。
超然三界外,学在五明中。
震撼何因众,深山诵梵声。

(2016年7月)

再登遮阳山

峡谷幽幽一线天,清溪百折出深山。
抬头坐看云飘过,迢迢天梯在眼前。

(2016年8月)

徽县银杏林吟句

银杏几千年,深根叶茂繁。
时逢秋雨至,色彩更斑斓。

(2016年10月)

鹧鸪天·秦岭秋行

秋日行游眼界开,绵绵细雨洗尘埃。云飞峻岭鸿飞阵,霜染层林我染鞋。

攀栈道,过悬崖,山山红叶好抒怀。灵官峡里真仙境,相约明年再度来。

(2016年10月)

秋登太白山

山路盘盘接索梯,登高方觉雾云低。
苍茫一岭南分北,峻峭群峰东贯西。
欲沿花溪寻洞口,又惊飞瀑落莲渠。
只因古有谪仙句,百尺危楼客语稀。

(2016年10月)

丙申秋再游西湖

水天一色雾蒙蒙，远塔近舟似画中。
有景此时吟不得，先贤雅句满廊亭。

（2016 年 11 月）

拜谒普陀山

行经紫竹林，南海拜观音。
瑞像高千尺，游人绕九轮。
谁祈思念事，我祝健康身。
人世多纷扰，谁知菩提心。

（2016 年 11 月）

丙申秋小居杭州西湖茅家埠

古埠隐林中，清雅最宜人。
村中无闹市，湖畔有幽径。
信步观岚色，推窗喜雨声。
上香行古道，礼佛远嚣尘。

（2016 年 11 月）

丙申腊月陈琳先生退休有纪

腊八粥香年味浓,似闻报晓锦鸡声。
黄河水岸新春聚,枕石山房旧岁丰。
老酒盈杯追往事,红联满案见深功。
欣然卸却肩头事,放眼江湖步履轻。

(2017年1月)

丁酉春雪

金城夜半雪飞来,晨起登山踏玉台。
且看大河翻浪去,思吟万树梨花开。

(2017年2月)

西江月·丁酉初春大雪后登山

瑞雪飘然涧底，垂绦未绿河堤。风云千里压山低，素裹银装天地。

又见枝头蓓蕾，时闻树上莺啼。嫣红姹紫会随时，已是春风得意。

（2017年3月）

新区半月后回城所见

秦川蛰居不知春，地阔天高尽朔风。
百里南行多诧异，金城柳暗又花明。

（2017年4月）

西江月·献给兰州新区建设者

碧宇高飞银燕，秦川引入清泉。一声令下战荒滩，城廓经年出现。

汗水挥洒不断，风沙吹皱容颜。无人创业说艰难，撸袖加油再干。

（2017 年 8 月）

晨练随笔

不觉已秋风，云深天不晴。
花田香散味，雾里寂收声。
白露寒时起，枯荷残后生。
留心观万物，尽在应时空。

（2017 年 10 月）

条城感赋二首

（一）

北宋狄青筑此城，护民御敌建奇功。
山环水抱生灵气，地利人杰蕴古风。
商贾纷纷留胜迹，人才济济远播名。
如今奋进新时代，名镇辉煌百业兴。

（二）

秋雨绵绵访古镇，楼牌瓦舍雅风存。
重重院落寻陈迹，穆穆祠堂念祖恩。
拜谒城隍名利淡，观瞻书院气息新。
往来街巷凭谁问，祖宅如今是哪门。

（2017年10月）

减字木兰花·扎龙沟赏秋

穿村越寨,
满目秋林呈五彩。
僻谷澄心,
飞瀑时时传清音。

风光无限,
莫道西风悲画扇。
月到中秋,
且饮药泉可忘忧。

(2017 年 10 月)

咏　菊

秋来百草尽枯黄,唯有菊花独傲霜。
寂寂荒原开自主,蕊寒香冷迎朝阳。

(2017 年 10 月)

西江月·咏秋

才见桥头芦荡,又闻道畔菊香。何时白露已凝霜,一抹枝黄叶亮。

无意寒来暑往,有情山色湖光。沉迷不觉西风凉,却道秋高气爽。

(2017 年 9 月)

卜算子·悲秋

陌上野花黄,湖里老鱼浪。已是深秋白露天,大雁空无望。

景色最怡人,可怜寒霜降。不日西风扫叶飞,究竟谁堪赏。

(2017 年 10 月)

卜算子·朱雀湖秋思

红柳伴芦生，碧水摇霞落。觅路拨枝见小溪，惊起蓬间雀。

花谢有来年，雁去非新约。总是西风凋碧颜，何必愁寥廓。

(2017年10月)

丁酉冬至即兴

冬令此日值，晷影返回时。
一九三阳动，春来莫道迟。

(2017年12月)

采桑子·深秋抒怀

西风乍起凋芳树,雁字遥眸。唤取良俦,对酒当歌万事悠。

星移物换谁能外,名士风流。才女忧愁,对镜凝眉吟不休。

(2017 年 11 月)

贺《青城诗词》首发式成功

古镇名陇上,人称风雅乡。
学堂书卷气,农院翰墨香。
一刊添文采,群贤助焰光。
不兴风浪事,情寄在榆桑。

(2017 年 12 月)

唐蕃古道文物展观后

唐蕃古道几千里,播撒文明世所奇。
铜器斑斑失本色,陶瓷鲜润让人迷。
得观马俑唐三彩,赞叹兰亭清八辑。
感叹前人工艺巧,沉思自觉认知低。

(2017 年 12 月)

电影《芳华》观后感

往事如烟皆旧话,青春但念吐芳华。
今人热议非和是,可知当时国与家。

(2017 年 12 月)

《冰花男孩》有感

当年也是历艰难,雨雪风霜只等闲。
野路孤行依月亮,破屋夜卧熬冬天。
饭盆离手无饥饱,书本随身计暑寒。
求学当时多类此,如今说起成玄谈。

(2018 年 1 月)

奉和匡晖女史诗《冰花男孩》

求学来回路漫长,冰花满发一身霜。
世人皆被当年误,不识书中有太阳。

除夕随笔

晨恐出门迟,登高迎除夕。
青山依旧在,碧浪照常急。
往事如烟散,人生似局迷。
但祈家国好,新岁庆宽余。

(2018年2月16日)

登甘谷大象山

山势巍峨锁冀关,台阶栈道巧勾连。
摩崖大佛经千载,渭水河边一大观。

(2018年3月)

忆秦娥·风沙雪

西风烈,沙尘昨夜遮残月。遮残月,万家惊叹,满城萧瑟。

正逢美景春时节,蕾苞初绽霜花落。霜花落,冷香寒蕊,动人清彻。

(2018 年 3 月)

天水南郭寺

山头南郭寺,自古盛名存。
桧柏春秋植,诗篇李杜文。
峰峦为屏障,风月扣禅门。
欲别回眸见,楹联几幅新。

(2018 年 4 月)

忆秦娥·扎尕那

山路漫,穿林过隘寻溪转。寻溪转,石门初渡,桃源惊现。

群峰环峙凌霄汉,山坡碧野农家院。农家院,炊烟升起,藏歌相伴。

(2018年6月)

扎尕那游记

甘南藏石匣,秀美迭山间。
雨润三村寨,云封一线天。
溪声传虎嘴,草色映仙滩。
问路通何处,寻思探险关。

(2018年6月)

卜算子·盛夏忽遇暴雨大雾

节令有恒时，天气无常数。昨夜乌云罩古城，大雨浇如注。

翌日访孤村，浓雾无寻处。信步田园七月天，犹见花凝露。

（2018年7月）

西江月·新区花季

西岔菜花正艳，秦川菊瓣幽香。谁将大地巧梳妆，五彩缤纷景象。

昔日荒滩戈壁，今朝锦绣芬芳。新区处处好风光，试看连年兴旺。

（2018年8月）

石门水库即兴

祁连引水到秦川,万顷碧波锁谷间。
喜看荒滩成绿野,产城崛起谱新篇。

(2018年9月)

三游冶力关

此地襟连藏,从来重设防。
青山蕴秀色,赤壁历沧桑。
冶海传奇久,关街韵味长。
三游还不够,他日再观光。

(2018年8月)

武当山抒怀

神道蜿蜒达碧霄,千峰朝笏起松涛。
先登金顶称仙境,待到太和谓最高。
玉宇琼台修正果,晨钟暮鼓乐逍遥。
但闻幽谷钟磬声,一线天梯望路迢。

(2018年10月)

浣溪沙·武当山太子坡

走过黄河九曲廊，谁人不识五云堂。柱孤能顶十多梁。

狮子山坡玄帝殿，磨针井上彩图墙。长坡隐隐桂花香。

（2018年10月）

神农架随笔

苍茫大密林，无际亦无垠。
垭口观云海，云崖起彩雯。
洞中惊蛰燕，涧底戏游鳞。
未见野人面，留神他日寻。

（2018年10月）

谒神农坛

青山穆穆巨坛巍，炎帝如同日月辉。
薪火相传经万代，中华得佑再腾飞。

(2018 年 10 月)

登神农顶

华中第一峰，满目皆峥嵘。
虽览群山小，畏难莫要登。

(2018 年 10 月)

减字木兰花·神农架大九湖

路弯水绕，远影孤帆秋色好。芦荻西风，傍晚无闻燕雀声。

鹿鸣野渚，歇驾归牛奔草树。遥望苍山，恰似猴王欲问天。

(2018 年 10 月)

己亥正月新区鼓王争霸赛观感

擂鼓惊天响,挥旗动四方。
相携生怕后,比拼竞争王。
后队精神好,前边阵势强。
高低原不论,万众喜洋洋。

(2019 年 2 月)

开春随笔

夜雨润金城,中川雪打灯。
何须怨杨柳,无地不春风。

(2019 年 2 月)

观兰州收藏艺术品展

细雨霏霏润物兴,展厅内外沐春风。
八方珍宝知多少,恰似繁星耀夜空。

(2019 年 4 月)

卜算子·谷雨

稼旺遇甘霖，花俏添春色。遥望山高水又长，鸟啭幽林侧。

观物任枯荣，处世怀清德。莫负韶光莫负心，圆梦身非客。

（2019 年 4 月）

伤　春

荼蘼开后暗忧伤，红瘦绿肥费思量。
感叹熙春终老去，谁知雏燕正高翔。
新陈代谢非能外，后浪前推又何妨。
宁可芳樽对物候，无须萦损独彷徨。

（2019 年 4 月）

千佛崖游记

绝壁挽嘉陵,游人险栈行。
云封秦蜀迹,石窟盛唐风。
漫步金牛道,称心铁轨通。
观瞻惟感叹,斧凿似闻声。

(2019 年 5 月)

天赐温泉

剑门关外一江边,几处温泉隐树间。
传说女皇生此地,游人沐浴乐悠闲。

(2019 年 5 月)

翠云廊纪行

烽台遥望剑门关,七十二峰列眼前。
驿道开通三百里,林廊种护两千年。
贴身拍抚秦皇柏,俯首观瞧汉室砖。
鼓角争鸣终远去,有墙无马翠云天。

(2019 年 5 月)

灞陵桥怀古

沧桑风雨任飘摇,屹立巍然数灞桥。
渭水奔腾千万里,终归大海作波涛。

(2019 年 5 月)

渭河源探幽

渭水本流长,高山岂可妨。
浚源唯大禹,万世永流芳。

(2019 年 9 月)

西江月·渭源

孤竹夷齐遁迹,开山大禹疏源。渭河始发品型泉,百里终成浩瀚。

未见同巢鸟鼠,时尝满碟薇鲜。灞陵桥畔顾流年,试看沧桑巨变。

(2019 年 8 月)

如梦令·暮春喜雨

昨夜雨微滋物,一枕春酲眠足。晓起入高林,回首楼台幽谷。沿路,沿路,只见落花无数。

(2019 年 6 月)

西江月·花季抒怀

蓓蕾重开旧树,新芽又挂柔枝。凋零终见复苏时,竟惹无端思绪。

芦苇伸穿败叶,层冰化作春池。峥嵘岁月怎无诗,搔首短长几句。

(2019 年 6 月)

减字木兰花·晴望川古镇品茗

楼牌瓦舍,墙似马头凝古色。远望晴川,蜃景忽疑现此间。

澄怀万象,酒幌风吹香满巷。水岸人家,品茗推窗赏苇花。

(2019 年 8 月)

己亥中秋得孙弄璋志喜

枝头喜鹊叫喳喳,硕果飘香足可夸。
喜看阶庭生玉树,牵心不若早还家。

(2019 年 9 月)

临江仙·秦王川湿地公园秋色

阵阵秋风芦苇荡，似闻天籁之声。寻幽不觉入回汀。荒苔侵步道，野菊伴人行。

鸭鹭游嘻鱼跃水，悠然自在无惊。霜来又见叶飘零。临溪思岁月，远望雁南征。

（2019 年 9 月）

尖山庙古堡探幽

古堡存留在此乡，几多风雨几沧桑。
板门尺许推开后，不见当年旧画堂。

（2019 年 10 月）

步定川先生诗韵挽秀龙

黄崖有泪闻星落,短暂人生才几何?
漫忆当年同舍住,忽闻眼下两相隔。
躬身白幛书哀句,手捧黄花献挽歌。
天妒英才终可叹,高风梓里足楷模。

(2019 年 9 月)

悼魏秀龙同志

秋天八月雨阴霾,噩耗忽闻不胜哀。
壮志无酬乘鹤去,高堂在上盼儿来。
当年彻夜言今古,此刻长眠殒德才。
上苍为何留憾事,哀思一片寄泉台。

(2019 年 9 月)

己亥腊八随想

清晨熬得一锅粥,豆米犹如岁月稠。
欲问人生何所似,车行在道水行舟。

(2020 年 1 月)

元旦感怀

搔头对镜鬓霜添，栉雨临风又一年。
最使得孙弄璋喜，人间至味是亲欢。

(2020年1月)

与定川先生同观画展即兴

翰墨丹青每与违，尔今观展不思归。
沉迷艺海真心净，不问流年是与非。

(2020年2月)

惊蛰寄语

三月河边纸鹞低，人思柳绿待春熙。
应知万物随时令，草长莺飞会有期。

(2020年3月)

己亥腊月雅聚迎春

雅集高朋共贺年，殷殷寄语落春联，
倾杯忘却尘封事，翰墨微熏夜未眠。

（2020 年 3 月）

庚子除夕有感

春来疫病扰神州，镇日居家反倒愁。
各捧手机如见面，不知何物堵心头。

（2020 年 3 月）

正月十五随笔

居家避疫少开门，但见今宵月似银。
远望灯光明灭处，也无夜市也无人。

（2020 年 3 月）

援武汉

疫侵武汉暂封城，致使九州不与通。
昨夜柳营颁号令，今晨杏苑点奇兵。
急驰物品同时到，收治医房几日成。
万众齐心驱疫祟，何愁盛世不清平。

(2020 年 3 月)

回乡偶书二首

(一)

春日融融照远山，和风浩荡不知寒。
蜂鸣耳畔人如醉，鸟唱枝头花欲燃。
四季何曾游美景，一生未许享清闲。
品茶静坐思无绪，向晚河滩起暮烟。

(二)

夏初返梓大河边，绿树青苗碧野天。
布谷清晨鸣翠柳，蟾蜍暮夜见东山。
鸡追林下犬慵卧，鱼跃池塘蛙闹喧。
至此倾杯抛旧事，荷花野渚胜桃源。

(2020 年 3 月)

行香子·春日白塔山

鹊叫柯中，燕舞林空。去遮纱、扑面清风。椿芽展叶，榆子繁英。又春花黄，李花白，杏花红。

栏前浪涌，岭外云蒸。隐城郭、多少楼亭。似清明雨，降助农耕。见百年桥，千年塔，万年漾。

（2020 年 4 月）

河边看柳怀古

看柳河边忆左公，玉门关外引春风。
应须寄语中秋月，复见千年水色清。

（2020 年 4 月）

浣溪沙·春晨漫步

昨日扬风起暗尘，今晨落雨复清新。最知春意暖人欣。

正是桃红偕柳绿，可曾简恧替慵身。邀朋徒步看河滨。

（2020年3月）

庚子春日感叹

闲来也试弄辞章，短叹长吟费检量。
未识三都谁赋就，浮生但见鬓添霜。

（2020年5月）

为赴武汉抗疫的女医务工作者题

白衣天使好情怀,请战急驰武汉来。
身裹护服藏玉体,头冠面罩掩香腮。
满腔热血新燃沸,一把青丝早剪裁。
且待凯旋回故里,红妆翠袖理珠钗。

(2020 年 5 月)

步匡晖庚子燎疳节诗韵

春来不见柳抽条,风雨凄凄树色遥。
南望心祈支援者,宅居身感倒寒潮。
八方出手人财助,三镇封城疠疫消。
试看瘟神初被困,熊熊焰火已燎烧。

(2020 年 5 月)

题庚子春武大樱花

落雨飘红韵自幽,瘟虫染过又何愁。
植根沃土枝繁茂,怒放来春作谢酬。

(2020 年 5 月)

咏 燕

紫燕年年伴早春，寻栖老院旧柴门。
回程不计遐和迩，比翼无关富与贫，
陌野逐飞防粟谷，梁檐呢语乐巢邻。
从来众鸟频遭猎，尔作人家顶上宾。

（2020 年 5 月）

雨后登山

入夏登山目不暇，榆钱落尽又槐花。
摘来品是儿时味，不见当年上树娃。

（2020 年 5 月）

乙亥初夏与诸友兰山赏牡丹

跃上葱笼二百旋，兰山后院赏牡丹。
常言洛地花为甲，谁识金城卉最妍。
淡雅清风摇素玉，娇娆醉眼绽朱斑。
想来不负人勤奋，国色天香扮翠园。

（2020 年 5 月）

清平乐·夜观牡丹

　　星光万点,身在牡丹畔。两腋生风临紫汉,感叹时光短暂。

　　霓虹染透翠微,春风化入金杯。休说荼蘼花事,时来落尽芳菲。

(2020 年 5 月)

贺高步明令堂九十寿诞

国庆中秋月倍光,凤林渡外念高堂。
九旬慈母九如颂,九曲滔滔祝寿康。

(2020 年 5 月)

行香子·武山水帘洞

麦积成山，奇岫弥天。莫登攀、危栈高悬。佛尊峻极，壁画流年。见树如虬，峰如笋，水如帘。

秦州一线，渭河两岸。造就了、不朽承传。龛窟圣境，妙相庄严。任四时风，四时雨，四时岚。

（2020年6月）

行香子·庚子夏至返梓

夏至初炎，端午相连。正碧野、麦穗稠田。车行陌上，水漫渠沿。又几山树、几畦菜、几池莲。

当年乳燕，时飞旧院。更欣见、竹笋庭兰。同堂四世，共聚一欢。品瓜儿甜，莓儿艳，杏儿鲜。

（2020年6月）

清平乐·雨后登山

长空似洗，几朵云随意。水上轻舟排浪去，子语诗云暗记。

身边紫燕轻飞，嘤鸣响彻山陂。岁月多么静好，无关落尽芳菲。

（2020年7月）

清平乐·刘家峡水库

碧波万顷，浪里飞轻艇。汇入洮黄如泾渭，更见长虹蜃景。

昔传大禹开山，今垒巨坝安澜。趁兴登高回首，惊呼骇浪滔天。

（2020年7月）

炳灵寺石窟

百里高峡出镜湖，飞舟片刻到龛窟。
三千峭屼临烟水，十万弥勒守净都。
寺阅波澜融汉藏，龛连丝路耀衢枢。
长桥遗迹今安在，古渡凤林说远途。

（2020 年 7 月）

菩萨蛮·炳灵寺怀古

盈盈秀水环禅寺，尊尊塑像龛崖壁。十万佛之都，千年唐述徒。

飞桥今在否？剩有残津口。妙相甚庄严，垂光积石山。

（2020 年 7 月）

浪淘沙·山庄品果

盛夏访山庄，果树成行。桃粉李艳杏儿黄。又见颗颗桑葚紫，叶底遮藏。

万物恁思量，各有芬芳。尝鲜不碍枣花香。绿蚁倾杯频祝愿，莫负韶光。

（2020 年 7 月）

西江月·武山温泉

才过鸳鸯古镇，又穿南峪深沟。新村别墅稼禾稠，好个山青水秀。

惬意汤池浸泡，欢欣泳道泅游。舒筋健体少烦忧，更品鲜蔬老酒。

（2020 年 7 月）

南乡子·故乡荷塘

梦里大河流，两岸池泽菡萏稠。似把西湖移北地，悠游，绿盖红幢泛扁舟。

早岁望村头，满眼荒滩野渚洲。不料今朝花锦绣，凝眸，远处飞来一水鸥。

（2020 年 7 月）

五泉山得句

盛夏清凉数五泉，葱笼树木水潺潺。
香飘古寺闻钟磬，乐到名山偈圣贤。
吐液玄崖通碧落，依栏栈道远尘喧。
高端何似低端好，上去还思下去难。

（2020 年 7 月）

悼王巨洲先生

噩耗传来思未休,画坛痛失王巨洲。
早年立业工兼写,晚岁扬名蓄并收。
处事有奇称怪杰,为人无媚作良俦。
情凝一首条城赋,再读难禁热泪流。

(2020 年 8 月)

对联感言

闲来习对两行书,字简精思似缀珠。
不信联坛无好句,只缘学浅又才疏。

(2020 年 8 月)

青城雅咏十七首

崇 文

崇文自古数青城,粢米栽蒸供学生。
不羡人家新盖院,庭兰玉树最欣荣。

人 才

人才俊茂浪推前,农士工商竞比肩。
若论丹青文采气,当今大纛属定川。

书 院

青城书院誉籍扬,文脉初开育俊良。
金榜题名十进士,遍地桃李自芬芳。

隍 庙

隍庙森森说狄青,保国戍御建奇功。
如今众偈祈福地,帅府雄冠一条城。

会 馆

陕山会馆列东西,构筑恢宏数第一。
累建十代三百载,毁于一旦最嗟惜。

祠 堂

直街巷口古家祠,数百年来共仰之。
高氏儿孙怀列祖,游人观瞻复深思。

民 风

古镇千年礼义乡，民风淳朴桃源庄。
读耕两字传家久，敬老尊师重五常。

民 居

财门大院蕴韶风，堂厦高低花院庭。
左右邻居相守望，整齐排列棋盘型。

大 河

九曲黄河昼夜流，条城衰兴几春秋。
水车古渡今安在，野渚闲荷傍扁舟。

荷 塘

荷塘百亩最稀奇，好似西湖泛碧漪。
虽已秋风无菡萏，待收玉藕踏淤泥。

田 畴

河边阡陌尽良田，稻黍飘香果菜鲜。
烟草百年兴懋业，美池桑竹胜桃源。

麦 浪

夕阳西下坐东山，眼底风吹麦浪翻。
金穗黄涛呈一色，霞光万丈梦萦牵。

梨 园

村间遍是老梨园，叶茂枝繁几百年。
花放春天香雪海，秋风最忆解童馋。

花 海

世代耕耘未肯闲，时逢盛世种花田。
大坪锦绣风光好，游客流连不到边。

武 鼓

英雄武鼓不一般，闪展腾挪响彻天。
鹞子翻身称绝技，百年独步永相传。

雅 集

雨点噼啪奏顶棚，荷香居里乐融融。
分题拈韵频搔首，把酒吟诗话古城。

诗 刊

本是诗词风雅乡，群贤毕至助荣光。
聚文不兴风波事，一片冰心在梓桑。

（2020 年 9 月）

庚子秋雅集青城拈韵得"青"字

细雨纷纷柳色青,龙山谒罢过碑亭。
千寻野渚芦花荡,万顷池塘荷叶婷。
不问渔家沽草鲤,闲思罗袜戏蜻蜓。
红销翠减无须叹,云绕南峰似画屏。

(2020年9月)

临江仙·黄崖山游记

大河滔滔东流水,黄崖浪涌村头。条城登览一眸收。岸边荷盖地,十里稻香畴。

群峰环峙真福地,危岩滴水清幽。松风似诉怨和愁。金花千古事,欲说不能休。

(2020年9月)

西江月·咏桃园赠苏志文先生

三国曾传结义,渊明意欲耕田。汪伦潭水会诗仙,崔护无寻旧面。

休问石矶西畔,苏君高卧其间。荷锄落笔自悠然,花果香浸黄卷。

(2020 年 9 月)

西江月·过龙山赞李联桂老夫子

两度京师赶考,一生办学耘教。芬芳桃李倍劬劳,慈母敕旌封诰。

遗著龙山吟草,芸编五百诗条。读之气韵藻思高,掩卷频频称妙。

(2020 年 9 月)

月上海棠·忆雅集

也曾隍庙寻残碣。咏青城、诗人未停歇。细雨绵绵,问东滩、几番凉热。碑亭下,犹记盈池荷叶。

依依况是吟和别。喜抒怀、又近中秋月。露冷无碍,记夜永、举杯欢悦。鸥盟在,盼望音书不绝。

(2020 年 9 月)

行香子·安宁抒怀

仁寿山南,昔陌村田。伴书香、学府相连。工遗三厂,沙井一砖。又费家营,刘家堡,黄家滩。

城兴北岸,宜居庭院。恰书生、陇右争先。蓝图拓展,不废林园。赞桃儿甜,枣儿脆,李儿鲜。

(2020 年 9 月)

蝶恋花·桃乡雅集

又是一年花减瘦。踏遍清秋,漫赏河边柳。岁月匆匆谁觉旧。问津何处通仁寿。

雅集山前频酌酒。皆语慵身,不识桃园久。对句吟诗谈感受。怎能言尽新成就。

(2020 年 9 月)

安宁秋行

久居异地井中蛙,孤陋清心似出家。
正是三秋常品果,忽思四月未看花。
寻津水畔无渔父,别院桃林有俏娃。
雅集敲吟长短句,尊前寄语慰韶华。

(2020 年 9 月)

忆首届桃花会

到兹便忆桃花会,首届慕名蒋大为。
路上行人接踵走,林间尘土漫天飞。
遥遥未睹明星面,悻悻方寻馥郁菲。
午饭干粮席地坐,归来落日尽余晖。

(2020年9月)

乘缆车登兰山

红泥沟畔聚朋侪,乘索扶摇上蜃台。
楼宇回眸未及辨,黄河九曲抱城来。

(2020年9月)

庚子秋登兰山

清秋雅集上兰山,遥望楼亭云水间。
一索逶迤飞峻顶,三台巍奂压雄关。
凭栏无意寻街市,面柱留心赏对联。
万种感怀言又止,名流题咏满廊檐。

(2020年9月)

两山绿化有感

立马曾观绝顶青,诗人明代赞金城。
百年濯濯林伐尽,两岭童童草不生。
盛世荒山逢澍雨,多年汗水化坚冰。
如今满目葱茏色,万壑松涛侧耳听。

(2020 年 9 月)

西江月·赞吴定川陇上山花组画

烟雨楼中赏画,兰山绝顶留名。珍悬六尺八条屏,陇上山花组景。

贵在倾心本土,高哉慧眼凡英。吴君妙手绘丹青,笑看谁人问鼎?

(2020 年 9 月)

临江仙·烟雨楼雅集

　　烟雨楼中多雅兴，登来俱是文英。抒怀畅叙尽欢声。凭高观野色，玉韵颂金城。

　　短暂人生皆逐梦，谁知岁月峥嵘。中秋国庆玉轮明。古今多少事，浅酌忍浮名。

（2020年9月）

水调歌头·兰山赋秋

　　才上三台阁，又会烟雨楼。山河如此娇美，登顶赏清秋。遥目天边水色，俯瞰参差城郭，人物竞风流。迢递丝绸路，重镇数兰州。

　　集之雅，吟之韵，颂之悠。人生如寄，谈笑散尽古今愁。大雁迁飞关塞，日月恒升天地，怎道物华休。子曰高须赋，唱和兴难收。

（2020年9月）

西江月·喜鹊

未见搭桥碧汉，常逢构筑枝桠。周身黑白素无瑕，遍布林荫天下。

尽盼忧中报喜，还期锦上添花。若闻头顶叫喳喳，也许飞来造化。

（2020 年 7 月）

楹联学会雅集

中秋文会友，书画共交流。
回顾多欣慨，频祝尽故俦。
抒情歌唱美，助兴弄琴悠。
相见倾杯饮，挥毫作谢酬。

（2020 年 10 月）

如梦令·兴隆山赏秋

碧水握桥西侧,似有无边秋色。试问守门人,却道近来无客。难舍,难舍,红叶满山呼我。

(2020 年 10 月)

兴隆山秋游

栖云霜降后,天气正逢秋。
桥古崖间卧,溪寒峡底流。
青松葱郁色,灌木叶红稠。
相唤登高处,层林一望收。

(2020 年 10 月)

西江月·庚子中秋无月

三五人寻皎月，中秋云蔽银盘。莫非庚子岁时艰，世事偏多遗憾。

心里光明常在，天边晴暗难全。更深露重久依栏，满目灯光璀璨。

（2020 年 10 月）

贺兰州诗词学会成立

九曲奔来古郡雄，诗文当领陇原风。
旗开今日闻嘶马，不负骚人数载功。

（2020 年 10 月）

兰州皋兰两级诗词学会成立志贺

陇上有名藩，金城亦誉兰。
铁桥通石洞，木筏下什川。
文曲皋兰庙，诗盟省会坛。
骚人多韵藻，不负锦华年。

（2020 年 10 月）

西江月·贺兰州皋兰诗词学会成立

梦笔五泉书院，情牵四库珍藏。谁知文庙阅流光，却道名藩陇上。

近偈三台魁斗，欣闻两设诗坊。黄河岸畔赋新章，唱和不兴风浪。

（2020 年 10 月）

天净沙·贺兰州诗词学会成立

白塔山下高歌,大河流韵金波,是日盟鸥许多。吟诗共贺,莫容年月蹉跎。

(2020 年 11 月)

渔歌子·兰州诗会抒怀

大河边,兰山下,古城风物如屏画。结诗盟,传佳话,试将云笺裁罢。

笔凝香,情漫洒,附庸无意装风雅。酒盈樽,书满架,名利不曾牵挂

(2020 年 11 月)

贺"沁古著影"展览赞薛虎峻先生

山堂久用功,近岁获颇丰。
篆刻高河陇,金刀列西泠。
丹青儒雅气,书画正宗风。
善悟兼勤奋,金城播美名。

(2020年10月)

卜算子·庚子重阳节

九日宜登高,霜染层林俏。云淡风轻雁阵飞,喜鹊鸣枝杪。

岁月谓长河,逝水焉能倒。多少浮生误此时,不识秋光好。

(2020年10月)

清平乐·次韵张建平先生创城礼赞

星移物焕,锦绣黄河岸。十五年艰辛创建,圆梦消息传遍。

本来山水城垣,更添精致容颜。今日得牌把酒,共祝美好明天。

(2020 年 11 月)

小雪随想

落叶飘零满地稠,风催雪打未曾休。
人生最是无情处,几度春秋已白头。

(2020 年 11 月)

行香子·月旦咏三泡台茶

始于民间，特在陇原。捧托盘、俗雅无关。三台套件、八宝齐全。有春尖茶、牡丹水、果实干。

夏日炎炎，数九寒天。或逢节、亲友同欢。起居待客，盖碗为先。刮茶中水、水中浪、浪中天。

（2020年11月）

采桑子·深秋

世人皆语春光好，不识金秋。误了金秋，红叶霜天可醉眸。

无情岁月增中减，似水东流。昼夜东流，洗尽人间多少愁。

（2020年12月）

浣溪沙·大雪节前遇雪

玉蝶飞花满古城，云烟漠漠岸边行。水寒雁去剩鸥翎。

已是年残冬至近，须知月满春将荣。怎堪虚度负平生。

（2020 年 12 月）

西江月·月旦咏高跟鞋

金履曾夸三寸，高跟又垫八分。平添雅态效西颦，自有蹁跹步韵。

当下休闲走路，且将旧款封存。潮流变幻又达人，任尔随心议论。

（2020 年 12 月）

月旦戏题高跟鞋

恰似弯船一杆撑,往来街巷步娉婷。
每闻嘎嘎廊中响,知是伊人八九成。

(2020 年 12 月)

诉衷情·登高思家乡

黄河万里向东流,蜿蜒惠兰州。金城关下津口,白马浪飞舟。

风扫叶,水寒鸥。远凝眸。儿时足迹,梦里家山,只在东游。

(2020 年 12 月)

庚子冬至练笔

惯看唐诗与宋词,流光如水竟弗知。
闲敲平仄觅清韵,笔墨飘香不自持。

(2020 年 12 月)

临江仙·黄河母亲雕塑

九曲奔腾西湖静,长桥飞架凌空。水拥雕塑绿廊中。远方游子意,争相睹慈容。

百里风情千层浪,更添时雨和风。母亲怀抱嬉婴童。笑看沧海变,每待旭光红。

(2020 年 12 月)

甘肃画院 30 周年精品展

树帜耕耘卅整年,前波后浪不平凡。
传承一脉初心在,翰墨丹青写陇原。

（2020 年 10 月）

元旦零起点工作室雅集拈韵得"新"字

斗转星移物焕新,栖云聚友乐新春。
游龙墨海千文秀,落笔毫端万卉芬。
笃志思存书画境,忘情羞染利名尘。
竿头百尺清零点,绛帐还须守本心。

（2021 年 1 月）

浣溪沙·零起点工作室二首

(一)

暑度阳生岁月新,兴隆山下又逢春。群贤雅集赋诗文。

事业辉煌零起点,高楼峻立始微尘。芬芳桃李倍耕耘。

(二)

学子书生到槛频,分明授业解疑人。飘香翰墨绝嚣尘。

只为耕耘圆绮梦,那堪虚度锦般春。年来绛帐一时新。

元旦雅集拈韵得"领"字三首

（一）清平乐·再咏青城

风骚谁领，独看青城景。数百年风华丽影，誉满南天三陇。

唐燧宋府犹存，明清贾盛文臻。夹岸荷花十里，无须水畔寻津。

（二）渔歌子·新年雅集

浊醪斟，清韵领，元辰将至添诗兴。结兰襟，品香茗，且赞期刊味永。

展风华，担使命，年来挥笔驱瘟病。常雅集，效古咏，不日举杯共庆。

（三）西江月·条城胜景

北峙武当峻领，南屏哈岘云蒸。黄河出峡贯条城，村舍良田万顷。

古渡芦藏棹影，黄崖梅映碑亭。稻香野渚荷娉婷，五柳熙春绝境。

（2021年1月）

吴辰旭先生赞

巨笔挥词赋,文坛纵逸驰。
通今藏正气,博古寓勤思。
三径荒芜也,一床挂壁之。
崇兰诸学子,立雪待尊师。

(2021 年 1 月)

相见欢·好雨轩迎新

元辰好雨之轩,俱言欢。宴乐频频把盏、祝无间。

调旧砚,开新卷,送春联。笔走龙蛇又见、兴犹酣。

(2021 年 1 月)

题新科园艺公司

栽花植树廿余年,志在青山绿水间。
园艺陇原称翘楚,春风化雨谱新篇。

(2021 年 1 月)

水调歌头·参加省人代会抒怀

挥手送灵鼠,喜迎拓荒牛。陇原千里飞雪,春信到枝头。去岁几多坎坷,此际一篇翻过,齐聚望河楼。共议惠民事,挥斥称方遒。

治山水,别苦甲,脱贫忧。十三五成过去,豪迈喜回眸。阔步新征时代,大展宏图气派,谈笑有良谋。破浪云帆正,圆梦竞风流。

(2021 年 1 月)

参加省人代会寄语

济济一堂议与商，陇原崛起莫彷徨。
不甘侧畔千帆过，百舸争流迎曙光。

（2021 年 1 月）

辛丑除夕夜

华甲将临好短歌，每逢除夕慨偏多。
牛甘俯首从孺子，鼠祸无寻逐逝波。

（2021 年 2 月）

读《条城颂》有感

访遍五沟十几庄，谁持彩笔谱华章。
后昆学浅依声律，进士才高比宋唐。
两岸春来杨柳绿，一川秋至稻花香。
荷锄莫忘勤研墨，远足魂牵颂故乡。

（2021 年 2 月）

元宵节记忆

早岁元宵闹彩灯，喧天锣鼓炮鞭鸣。
村头点起堆堆火，祈愿人和又穗丰。

（2021年2月）

买元宵所见

何物催人睡不宁，清晨早起接长龙。
几时方可称心意，惟盼元宵月倍明。

（2021年2月）

脱贫感言

自从盘古辟开天，历代躬耕重垄田。
或可丰年初饱暖，时逢荒岁命黄泉。
当歌盛世脱贫困，欢庆小康得梦圆。
三不愁来双保障，人民至上是江山。

（2021年2月）

戍边英雄赞

兴言喀喇谓昆山,铁血男儿守塞关。
疆土毋容一寸后,中华岂是百年前。
贼人跨界如狼恶,我臂张开似龙蟠。
愤气冲天云水怒,尔曹管教去无还。

(2021年2月)

辛丑拜年所见

初间贺岁访农家,院里春光窗上花。
巧手灯笼帘七彩,楹联书法直堪夸。

(2021年3月)

西江月·月旦同咏结婚二首

（一）结婚之禧

碧汉云横万里，鹊桥跨越千年。自从月老一绳牵，执手海枯石烂。

浪舫风光入港，良驹温顺雕鞍。耦耕堂上看飚绵，紫燕双飞相伴。

（二）结婚之忧

梁祝化为对蝶，红楼有梦南柯。周南卷首国风歌，喜句汪洙写过。

富者妻荣子众，穷人独守空窝。春来劳燕分飞多，误了花期正果。

（2021年3月）

西江月·沙尘暴

已近春分节令，本期柳暗花明。天空突变暴沙凌，呛得深宵梦醒。

望外连呼气短，闭门更觉头懵。惟祈降露洗新晴，万里尘埃落定。

（2021 年 3 月）

沙尘暴

天空谁在舞黄旌，草木失容日色昽。
飞鸟收翅归洞穴，行人掩面返家中。
风扬四野何时了，尘播九霄终会宁，
毕竟春光遮不住，明朝依旧万花红。

（2021 年 3 月）

奉和秋子先生《春雪二咏》

（一）

风卷狂沙日月吟，谁知瑞雪浥嚣尘。
桃花瓣上六花点，素裹红妆物色新。

（二）

晨见琼花覆白花，玉龙万丈洗尘沙。
投身泥土心中笑，只为黄风不再发。

（2021 年 3 月）

奉和宗孝祖先生诗《喜雪》

瑞雪虽迟意，还添锦绣春，
沙尘清洗处，万树六花新。

（2021 年 3 月）

贺张举鹏先生作品集出版

陇右知君谓大贤,风鹏一举美名传。
潜心诗界多清韵,驾鹤瑶台有妙篇。
德范高标同麦积,辞章清雅汇芸编。
还期早日吟新卷,憾未佛乡笔墨缘。

(2021 年 3 月)

清明前喜雨

世人莫叹降尘频,雨雪寒风总伴邻。
万物相生终又克,涤清天地复明春。

(2021 年 3 月)

集句诗

清明时节雨纷纷(杜　牧),客舍青青柳色新(王　维)。
会见明朝天气好(王十朋),出门俱是看花人(杨巨源)。

(2021 年 4 月)

省楹联书画院辛丑上巳雅集次丰谷诗韵

叠翠繁红碧筒香，幽情翰墨染华堂。
人生俯仰终圆梦，春水何须论短长。

（2021 年 4 月）

满江红·赞敬老工程

四季更兴，花开谢、天时有道。谁见得，树犹如此、尚能餐饱？七十称稀朝野敬，千年传颂儿孙孝。莫等闲、或效老莱斑，堂前笑。

登仁寿，华发好。逢盛世，龙钟俏。众人拾薪火，暖心关照。伏案挥毫多乐趣，健身舞步皆佳妙。喜今生、社会大家庭，须依靠。

（2021 年 4 月）

满江红·庆建党百年

　　记取红船，波涛里、斧镰初诞。星火燃、井冈山脉，赤旗翻卷。万里长征风与雨，八年抗战血和汗。主沉浮、窑洞亮明灯，晨光现。

　　雄鸡唱，天地变。睡狮吼，山河焕。为人民服务，探求行践。几代苦心齐戮力，百年圆梦皆惊叹。看东方、强起正当时，酬宏愿。

（2021年4月）

谷雨参加省人代会感言

谷雨霏霏润陇原，田禾岸柳起云烟。
春风不负东君意，绿水青山带笑颜。

（2021年4月）

清明滨河随笔

清明过后雨初晴,柳绿花红景象荣。
又见天车翻水转,西畴无事岸边行。

(2021 年 4 月)

擀　面

经年渐次远庖房,厨艺功夫未许荒。
和面一团揉玉色,擀推两片透匀光。
裁如缟练刀刀细,散若旗花片片香。
把示无心君莫笑,只为孙子备干粮。

(2021 年 5 月)

水墨丹霞二首

（一）

水墨丹霞看树屏，深藏亿载未闻名。
一朝景色横空出，五彩斑斓动古城。

（二）

谁持彩笔染丹青，百里群山似画屏。
感叹时空多造化，缤纷大地任君行。

（2021 年 5 月）

行香子·临洮

洮水一川，跨越千年。论兴衰、遗址史前。函塞传道，岳麓升仙。有马家窑，秦县郡，汉边关。

人文荟萃，薪火相传。看今朝、旧貌新颜。山河秀美，都市花园。赞出貂蝉、育才俊、种牡丹。

（2021 年 5 月）

夏至林中饮茶

忍看残红莫叹春,浓荫阵雨远嚣尘。

槐花树下幽香气,菡萏池边静雅身,

昼永常能多煸燥,天炎未可少清新。

浮生偶向林泉坐,不必桃源去问津。

(2021 年 5 月)

咏左公柳

湖湘弟子戍边疆,杨柳随军绿一方。

此树金城千载叹,至今犹说左宗棠。

(2021 年 5 月)

小满喜雨

细雨霏霏浅湿身,花前水畔少行人。

时逢小满寻真味,莫问人生几度春。

(2021 年 5 月)

悼袁隆平院士二首

（一）

以食为天是本源，谁知果腹倍辛酸。
时逢盛世袁公出，稻谷丰登解望悬。

（二）

人稠大国看东方，世代躬耕为口粮。
君似神农恩泽布，神州永不闹饥荒。

（2021年5月）

小满登山

翠郁高林几许栽，榆钱落尽刺槐开。
追思欲品花甜味，沙枣浓香扑面来。

（2021年5月）

贺明朝·六一吟怀

几日无谋孙子面,便添思念,手机翻遍。风霜无阻,路遥何干,戏嬉贪玩,哪有疲倦?

玉兰芝树长庭院,常闻笑语欢,搁卷舒花眼。看春来雏燕。飞到眼前,朝夕相见。

(2021年6月)

月旦洗衣机杂咏五首

(一)

李白诗云月色明,却闻万户捣衣声。
世人皆语千般苦,家务谁能比重轻。

(二)

初闻市有洗衣机,谈笑纷纷竟弗知。
用过无非三十载,至今说起总沉思。

(三)

彩电冰箱共盛名,当年大件恁时兴。
人家屋里非常见,锦罩披身摆客厅。

（四）

一米身高稍挂零，内翻波浪近无声。
须臾污渍清干净，晾架飘飘挂彩虹。

（五）

生活变化叹无穷，产品更新不日功。
皆赞智能家电好，无人回首话长风。

（2021年6月）

行香子·贺赵建利先生六十寿诞

端午将临，相聚河滨，启琼筵、喜庆良辰。蟠桃六蜡，寿酒三旬。贺一花甲、两恩爱、四代亲。

人生如寄，韶华似瞬。最关情，崆峒逢春。大河激浪，晴望流云。赞学存风、决存策、事存仁。

（2021年6月）

辛丑端午栖云小镇雅集拈韵得"园"字二首

（一）

端午行郊外，悠然到乐园，
高陂花锦簇，曲拱水潺湲。
阡陌逢芒种，村头遇客闲。
倾杯抬眼处，杨柳五颗前。

（二）

凭吊诗魂峻岭边，观光花海又田园。
谁雕画卷飞神女，我望云栖念圣贤。
如意山川一刻赏，称心笔墨半酣间。
骚人若遇新时代，何必湘罗再问天。

（2021年6月）

临江仙·端午吟

背倚青峰观小镇,香飘花海田园。骚人雅集忆前贤。有心插艾叶,无处乘龙船。

酒祭一杯谁会解,凭栏远望南天。千秋往事似云烟。路遥知漫漫,寄语在毫端。

(2021 年 6 月)

李家庄端午行纪三首

(一)

栖云山下绿无涯,一片缤纷百种花。
春歇不妨游客兴,襟香袖染到农家。

(二)

云飞凫谷荡群峰,笑看棠花几树红。
我上东坡思采菊,小村回首绿丛中。

(三)

呼朋携友到山庄,垄上风凉麦未黄。
借问酒家人道是,此心安处即吾乡。

(2021 年 6 月)

栖云小镇《如意甘肃》裸眼 3D 电影观感

冰山草地汉雷台，麦积崆峒石窟开。
天马莫高追月去，雄鹰古寺听经来。
河声塔影长桥落，峻岭栖云花海栽。
顷刻凌空游万里，有惊无险任徘徊。

（2021 年 6 月）

采桑子·栖云小镇三首

（一）

春归碧野农庄好，百亩花妍。
十里桑田，小镇栖云别有天。

轻风过岭香阡陌，客俱欢颜。
忘返流连，人在村中便似仙。

（二）

新容新貌农庄好，山水之间。
瓦舍田园，花满村头树满山。

燕回无觅家山变，轻逐争先。
景物澄鲜，有事西畴舞自翩。

（三）

采风踏遍农庄好，几处耕田。
几处休闲，自在窝边锦绣川。

名山脚下开新宴，且笑樽前。
且醉花边，相见无时不尽欢。

（2021年6月）

观甘肃庆祝建党100周年书法展

陇原妙手谱华章，凤舞龙飞翰墨香。
颂党百年挥健笔，流金岁月韵悠长。

（2021年6月）

登高即兴

夏日登临白塔山,飞飞燕子碧云天。
微风拂面凭栏处,九曲黄河抱古关。

(2021 年 6 月)

七一雅集抒怀

今逢七一谱华章,翰墨飘香颂国强。
万里河山惊豹变,人民至上福荫长。

(2021 年 7 月)

夏游兴隆山

雨后空山霞蔚蒸,千岩万壑更葱茏。
卧桥才过瞻尊汗,拾级登高道一明。
坐困争尝仙井水,遥岑笑指马啣冰。
林间辨认知中药,健体还祈似古松。

(2021 年 7 月)

月旦共咏沙发

本是舶来物，居家若比床。
人人需倚靠，户户摆厅堂。
座上谈国事，怀中遣岁光。
款随时代变，奢品已寻常。

（2021 年 7 月）

纳凉大尖山

烈日炎炎中伏天，纳凉避暑到尖山。
顶峰耸峙三千米，曲径蜿蜒四百旋。
回首远浮城郭外，行车似在画屏间。
举杯且共松涛语，七道层梁荡翠烟。

（2021 年 7 月）

八一节感怀

红船领袖与前贤，辟地开天已百年。
起义南昌枪炮响，燎原赤县火薪传。
千难历尽民为本，万法归一党在连。
莫道江山循定数，手无寸铁是空谈。

（2021年7月）

减字木兰花·增补为省诗研会理事感言

陇原佳话，喜看今朝歌大雅。济济一堂，咏和时兼翰墨香。

以文会友，格律推敲诗恐瘦。乐享交流，立雪抛砖再上楼。

（2021年8月）

省诗研会雅集抒怀二首

（一）

笑语欢声不自持，停杯提笔赋新诗。
人生苟且寻常事，平仄空余染鬓丝。

（二）

月满新天客满楼，群贤雅集兴难休。
何当共建诗研会，寄语盟鸥报陇头。

（2021年8月）

吴定川先生赠画欣赏

春期已过赏春芳，姹紫嫣红在画堂。
几朵牡丹呈国色，两只灵雀绕天香。
苗依奇石根基固，蕾发枝梢岁月长。
独立东风惊此艳，无人不识百花王。

（2021年8月）

收得范有信骆驼图为纪

茫茫瀚海著凡身，哺乳成图母子亲。
墨色犹新名望在，金城无觅画驼人。

（2021 年 8 月）

辛丑中元节有祭

瑟瑟秋风又一年，果珍美酒献中元。
皇天后土人须敬，未敢行遥忘祖先。

（2021 年 8 月）

祝贺清流诗社成立

白衣女子展娇妍，平仄常敲效易安。
一派清流能咏絮，谁人不夸半边天。

（2021 年 8 月）

贺黄河诗社成立并黄河诗阵创刊五首

(一)

今观诗阵意如何,九曲奔流万里多。
挥笔成吟才结社,以文会友不兴波。
采风面向新时代,雅集还尊老臼窠。
愿与诸君同勉励,涛声相伴唱高歌。

(二)

从来九曲润神州,半壁山河一脉流。
人杰地灵逢盛世,诗文应许立潮头。

(三)

诗坛排阵正逢秋,硕果累累挂树稠。
试看群贤呼毕至,风扬大纛立兰州。

(四)

舞文弄墨本无求,但觉冰丝总上头。
若说今生无嗜好,闲敲平仄度春秋。

(五)

唱和无须上下分,从来咏絮有高人。
若非诗阵频求教,何日浮生可见君。

(2021年8月)

点绛唇·贺黄河诗社成立

黄水迢迢,神州万里何滋润。今天闻讯,北国诗成阵。

文采飞扬,此地多轻俊。吾谁问,清霜染鬓,才似江郎尽。

(2021 年 8 月)

连城张家沟自然保护区

雨后空山云脚低,行经涧谷唱清溪。
草长曲径迷牛犊,藤挂高林隐雉鸡。
野果摘来红映面,青苔坐罢翠沾衣。
人生似梦谁先觉,此处陶陶可忘机。

(2021 年 8 月)

水调歌头·杜家湾水电站寄语

　　才别三江口,又到八宝川。大通河畔极目,阡陌翠如烟。几度匆匆而过,几度频频相约,无意赏秋山。昨夜雨收后,又是艳阳天。

　　上高坝,抚巨闸,挽波澜。惊涛拍岸,涌进机组变能源。事业生辉逐梦,岁月流金似电,太极有清欢。但愿祁连水,常惠杜家湾。

(2021年8月)

临江仙·题无名氏图画

　　又是一年秋雨后,旭光斜照亭台。庭前郁郁有凉槐。路边无语石,曾睹我徘徊。

　　两度花红香满院,探春无缘桃腮。遥知今日此门开,朝云因梦里,相约觅芳来。

(2021年8月)

阮郎归·题图

秋桐一叶落蝉残，荷塘池水寒。临轩皓月照红颜，摘钗心未闲。

对明镜，何霜鬓，茶浓竟失眠。绿萝黄叶转头间，独怀莫凭阑。

（2021年9月）

采桑子·秋访山庄

关山深处庄园好，蔬菜青田。碧水澄鲜，小径花开摘果繁。

沾衣欲湿萧萧雨，曲颈歌天。黄犬闲眠，人在樽前相见欢。

（2021年9月）

中秋前小西湖遇雨

萧萧细雨一湖秋,翠竹千竿醉客眸。
岸柳弗知霜欲降,依然袅袅弄风流。

(2021年9月)

漳县秋行

秋日行游漳水边,千峰叠翠碧云天。
才登古道烟波谷,又上高山大草滩。
盐井坊旁寻化石,李林沟里品灵泉。
最为惬意熬茶罐,品饮三杯便似仙。

(2021年9月)

中秋集句

　　中秋所吟，前人之叙备矣，余苦无新意，因集句成诗，聊为一戏耳。

　　夜来幽梦忽还乡（苏　轼），漫卷诗书喜欲狂（杜　甫）。
　　天上清光留此夕（蔡　襄），凭栏十里芰荷香（黄庭坚）。

（2021 年 9 月）

西江月·中秋集句

　　世事短如春梦（朱敦儒），人生几度秋凉（苏　轼）。
　　沉思往事立残阳（纳兰性德），千里风云相望（司马槱）。

　　皓月当轩练净（柳　永），轻风暗递幽香（杜安道）。
　　金杯重叠满琼浆（晏　殊），频把新词细唱（韩元吉）。

（2021 年 9 月）

中　秋

（一）

果满枝头月满樽，清风扫叶远嚣尘，
悲欢圆缺平常事，愧效坡仙作韵文。

（二）

清光遥指意如何，笑语人生竟似梭。
拟庆团栾才纵酒，为寻乐趣又高歌。
秋来排字飞鸿雁，日落收霞见素娥。
美味莼鲈谁记起，冰霜渐染念蹉跎。

（2021年9月）

西江月·中秋征稿犯难

　　月有阴晴圆缺，才分优劣高低。搔头此夕苦吟题，许久没能著字。

　　且约婵娟万里，倾斟绿蚁三卮。凉风黄叶莫凄凄，大雁由它展翅。

（2021年9月）

黄崖雅集拈韵得"丽"字

（一）

中秋时节上黄崖，饱览山川多秀丽。
九曲奔流眼底来，千岩壁立身边峙。
圣泉滴水醉心田，宝殿巍峨真福地。
钟磬一声翠谷幽，挥毫泼墨皆诗意。

（二）
清平乐·黄崖仙山

黄崖圣地，宝殿多宏丽。古柏参天枝叶蔽，端的诗情画意。

神奇石壁清泉，掬来润我心田。携友登高笑指，眼前锦绣家山。

（2021年9月）

诉衷情·黄崖行三首

（一）

黄河蜿蜒势纵横，经流润条城。环山险，一川平，葱郁显峥嵘。

携手上云庭，偈慈明。为何忘了算归程，故乡情。

（二）

荷池百亩舞娉婷，雨余野渚青。怜芳歇，叹枯荣，清雅意难平。

云雾绕南坪，问碑亭。为何感叹指浮萍，故乡情。

（三）

时逢雅集月将盈，风雅溢青城。拈分韵，仄中平，唱和伴秋声。

挥笔酬乡朋，不能名。为何梦里尽回萦，故乡情。

（2021年9月）

青城文化研究会重阳雅集拈韵得"抱"字

（一）

深秋叶落伤怀抱，触绪无名谁可道。
兴会山庄感雅风，闲愁每向诗中了。

（二）
清平乐

今秋雪早，谷里行人少。漫步深山风景好，红叶盈眸入抱。

别院听史群贤，举樽拈韵清欢。我问窗前溪水，可曾流到家山。

（2021 年 10 月）

贺《青城诗刊》新编兼赠明凯

赏叶兴隆尽兴来，诗刊重九又重开。
无私巨匠传文脉，有志方家续韵牌。
远计三年风雅事，诚邀八斗玉章侪。
宏图再展新天地，不负条城咏絮才。

（2021年10月）

月旦咏挖掘机

工具更新梦几多，今摇铁臂动山河。
假于精卫能填海，得此愚公可削坡。
不必身躯陪锹镐，何劳血汗洒筐箩。
欣闻又现无人驾，鬼使神差莫奈何。

（2021年10月）

获奖感言

金秋正是岁丰时，酒满瓷盅果满枝。
乘兴赏花急上岭，因羞领奖缓登梯。
高朋满座为文友，论道三人有我师。
百尺竿头须奋进，躬行再度觅新诗。

（2021年10月）

栖云小镇采风集五首

（一）

朝花夕拾正秋天，远望栖云荡紫烟。
漫步坡头红似海，结庐此处赛神仙。

（二）

中秋过后露霜频，忍看林间叶落尘。
野菊李庄开正艳，群花未敢斗芳新。

（三）

再访李庄兴味浓，田园又是一年丰。
杏帘在望招吟客，几叟村头笑谈中。

（四）

看花衣袖染芳香，小坐村醪待客尝。
莫道柴门无至味，心怡便是水云乡。

（五）

今天小镇为何忙，起舞高歌喜气扬。
原是群贤逢盛会，皆襄敬老助荣光。

（2021年10月）

重阳节

自古逢秋倍感伤,登高向望水云乡。
才思昨饮雄黄酒,又叹今尝寿菊汤。
白露残蝉莲已尽,青天大雁路犹长。
随风抛却千般事,落木萧萧莫道凉。

(2021 年 10 月)

贺陈田贵先生诗集《逸兴挥笺》出版

垂缕饮清滋味香,登高播远韵偏长。
挥笺逸兴成佳句,一片深情寄陇乡。

(2021 年 10 月)

贺陈田贵先生《逸兴挥笺》研讨会召开

书香菊艳贺重阳,诗满云笺曲满堂。
不负家乡怀逸兴,常将梦笔写华章。

(2021 年 10 月)

戏咏和尚

紫竹林中隐此身，乌丝剃去别芳尘。
青灯黄卷晨钟伴，碧水浮云暮鼓邻。
偶尔出山称爱虎，长期打坐怕分神。
凡间万事皆言苦，几个成仙几俗人？

（2021 年 10 月）

武山摘果节有寄

深秋季节露华浓，且看枝头诱远鸿。
酒入杯中杯更绿，果依面颊面尤红。
渭河岸畔吟新句，种谷台前说岁丰。
逸兴挥笺成快意，田园几度再重逢。

（2021 年 10 月）

赞社区抗疫义工

深秋露色浓，疫病染金城。
可敬征缨者，无私请战行。
帐篷度昼夜，道口顶寒风。
愿我一人苦，赢得万户宁。

（2021 年 10 月）

疫中瑞雪随吟三首

（一）

避疫无由久宅楼，胸中烦闷几多愁。
漫天瑞雪今相助，笑看疫情不日休。

（二）

大雪飘飘寂静声，出门采购且徐行。
只因疫闹逢人少，洁地无尘步履轻。

（三）

疫邪相扰费沉思，变异难防久莫医。
雪落白衣来助阵，浮生不必苦吟诗。

（2021 年 11 月）

浣溪沙·社区值守者

夜半三更未肯眠，披衣远望凭栏杆。谁知巷口可严寒。

宁愿一人分帐守，换来万户合家欢。相期灭疫保平安。

(2021年11月)

练笔晒字戏语

豆田长出刺玫花，过客无夸自己夸。
高手缘何能抹鸦，不教吾辈作朱砂。

(2021年11月)

水调歌头·赞党的十九届六中全会

才圆小康梦,又看巨龙腾。六中宏论新篇,回顾说峥嵘。多少非凡成就,多少辉煌经历,经验蕴其中。十个坚持在,斩浪劈波行。

百年党,风华茂,似青松。新时代号令起,虎步舞春风。勿忘昨天苦难,无愧今天使命,守正创先锋。赶考不平路,胜利气如虹。

(2021年11月)

月旦咏长颈鹿

漫步辽原眼界高,香餐尽在树之梢。
无关腐鼠成滋味,狮虎如同脚下猫。

(2021年12月)

阮郎归·小雪节前遇雪

乌云低压暗绦丝，一时竟白衣。近来风过叶辞枝，留为玉蝶依。

未携笔，也裁诗，难逢静夜思。征鸿南去问花期，寻梅却道迟。

（2021年12月）

清平乐·婚宴凑趣分韵得"卧"字

羲皇高卧，眨眼牛年过。宴会宾朋邀满座，谈笑举杯共贺。

新人破浪飞舟，谁言叠翠还休。有梦青春永驻，深情岁月悠悠。

（2021年12月）

鹧鸪天·元旦抒怀

节序惊心日日新，几番凉热几晨昏。愧无学识能称道，幸有诗书可伴身。

长居宅，少开门。香醪淡墨远嚣尘。梳头莫看芙蓉镜，笔落梅红又一春。

（2022 年 1 月）

冬至感怀

惯看唐诗与宋词，时光如水竟弗知。
闲敲平仄觅清韵，笔墨飘香不自持。

（2022 年 1 月）

春日随笔

闲来也欲弄辞章，短叹长吟费检量。
未识三都谁赋就，浮生但见鬓添霜。

（2022 年 1 月）

咏兰花

喜看盆兰近著花,清新淡雅本无瑕。
非同俗品争娇艳,只把幽香送到家。

(2022 年 1 月)

王传明教授赠大著《齐西野语》读后

遥吟阳谷古齐西,野语欣观尽好诗。
五百篇中留墨宝,三千里外唤良知。
人生所累求名利,事业无由作品题。
白发回眸犹可叹,诸多乐趣在儿时。

(2022 年 1 月)

祝贺庆阳县楹联诗词学会成立

结社文坛聚雅俦,凤城人物竞风流。
马莲河畔诗联盛,续唱豳歌几度秋。

(2022 年 1 月)

迎春书联送福

本是红尘世俗人，常交雅士做高邻。
裁笺几度情犹在，搁笔重提墨已陈。
久写楹联无倦意，连书福贴有精神。
举杯共话新年到，虎虎生威又一春。

（2022年1月）

回家过年三则

（一）

黄河岸上是吾家，夜卧曾闻浪泛花。
梦里家山村里事，围炉把酒话桑麻。

（二）

喧天锣鼓过前村，爆竹声声隔垄闻。
翘首街头吾欲辨，谁家稚子与年尊。

（三）

张灯结彩迎新春，旧院回来格外亲。
最喜年来多竹笋，庭兰玉树总开心。

（2022年2月）

赞冰雪奥运会

绮梦初圆正小康，泱泱大国有担当。
擎旗奥运风云会，制服疫情施妙方。
猛虎原非平地客，健儿志在雪冰场。
临屏但见千般好，竞技飞身似电光。

（2022年2月）

西江月·初春雪后登山

瑞雪飘旋似玉，黄河逝水如斯。登高望远浅吟诗，许久无从着字。

岁月轮回四季，花光绽放何时。春风已许蕾还枝，感叹人生如寄。

（2022年2月）

携友通渭观兰亭书展

平襄为驿站,历史造精英。
久羡兰亭奖,今来通渭城。
临摹研学察,篆隶草真行。
书画城中悦,藏家负盛名。

(2022 年 2 月)

西江月·元宵雅集抒怀

陇上诗坛巨匠,元宵共谱华章。谁将乘兴解诗囊,付与佳人浅唱。

笔墨随春酣畅,诗歌炼字流光。浮生不必太匆忙,且效东山雅量。

(2022 年 2 月)

雨水感怀

雨水节临万物苏，轻装欲上厚装除。
斜飞故燕穿深巷，正遇陈醪载旧壶。
好歹无关提往事，晨昏有兴捧诗书。
年来读罢卅多卷，自叹才学浅又疏。

（2022 年 2 月）

定风波·春日无题

漫步河滨照暖阳，分明不见绿垂杨。极目一川黄水碧，追昔，左公联句未曾忘。

料峭春风吹面冷，谁肯，衔泥燕子已归梁。逐浪轻舟停靠近，寻问，能无载我到家乡。

（2022 年 3 月）

二月二龙抬头

惯于今日剪青丝，二月苍龙布雨时。
陌上抬头飞紫燕，花须柳眼荡春池。

（2022 年 3 月）

喝火令·壬寅元宵感事

昨度元宵节，烟花彻夜鸣。问谁英少兴难平。播洒满天春梦，添彩助豪情。

落定尘埃后，今朝逐利名。收拾行箧踏征程。又去拼争，又去赶流星。又去一年辛苦，获志慰平生。

（2022 年 3 月）

三八节有赞

玄苍世事两无猜，百卉宁为女子开。
职场扬眉全搞定，青天起手半边裁。
玫瑰香溢能夺冠，竹笋皮坚不是材。
但愿春光恒久驻，长街小巷尽桃腮。

（2022 年 3 月）

清平乐·踏春随吟

春来陇陌，纵有千山隔。两岸柔枝初染色，塔影河声紫塞。

何惧频遇瘟神，轻薄更起沙尘。毕竟韶光锦绣，时逢万物芳芬。

（2022 年 3 月）

西江月·河滨春思

又见夹河烟树，沿堤日暖风疏。谁吟草色近看无，道尽初春妙处。

燕子将归旧户，西畴有事新锄。遥遥相望白云孤，五柳先生记否？

（2022 年 3 月）

春日随笔

青山常在水长东，但凭东君改旧容。
胜日虽云花正好，明年料比去年红。

（2022 年 3 月）

西江月·月旦咏火锅

　　味道知名麻辣，风行更说川军。家常又可宴来宾，食料餐无不尽。

　　海底能捞世界，锅中自有乾坤。双枪舞动启红唇，热浪随心翻滚。

（2022年4月）

清明寄怀

　　又遇清明不入眠，无从祭扫到茔前。
　　焚香化纸成难事，提笔抒怀望远天。
　　皆语如今生活好，那知早岁世情艰。
　　劝君莫把初心负，告慰先人笑九泉。

（2022年4月）

西江月·春日遣怀

数度瘟神作怪,年来几欲成灾。春光未赏究堪哀,罩面谁能出彩。

逝水东归大海,花儿谢了还开。时闻愿景化尘埃,直教浮生无奈。

(2022年4月)

清平乐·暮春咏叹

知春又暮,郭外非游处。烂漫桃花谁肯顾,不若前年崔护。

倚塔望断天涯,黄河左岸吾家。到此无人境地,先除罩面轻纱。

(2022年4月)

忆秦娥·无题

东风透,河山小恙花依旧。花依旧,未曾行远,暗香盈袖。

明天美景谁描就,风光更在清明后。清明后,山青水秀,绿肥红瘦。

(2022 年 4 月)

春疫抒怀

悲秋未几又伤春,四季轮回岁月新。
柳叶初萌扬玉絮,桃花才绽化香尘。
三年顽疫频生事,两鬓霜丝不择人。
万物随心观自在,何须羁旅问烟津。

(2022 年 4 月)

减字木兰花·春暮喜雨

春深喜雨,洗尽浮尘无柳絮。寂寞荼蘼,忍看桃红化入泥。

黄河泛浪,映衬楼台灯火亮。久坐依栏,暑气迟迟尚觉寒。

(2022年5月)

水调歌头·省十四次党代会寄语

三陇降甘雨,九曲总安澜。时逢竞渡端午,盛会贺空前。回顾峥嵘岁月,绘制辉煌册页。献策有良言。民众寄期盼,宗旨记心间。

行舟畔,千帆过。莫等闲。把航定舵,中流挥楫奋争先。禾正灌浆孕穗,业已踌躇满志。再造好山川。不负明天梦,踔厉谱新篇。

(2022年5月)

清平乐·立夏登高览胜

黄河似练，昼夜流无断。拱抱金城如画卷，两岸风光一片。

紫燕轻逐鸣嘤，飞舟破浪前行。莫叹春归花谢，更加万物峥嵘。

（2022 年 5 月）

月旦咏鸡蛋

此物同知味道香，白红外壳内玄黄。
今天市场无稀罕，早岁家庭或浅尝。
望子前程于学校，称鸡屁股为银行。
起源先后谁能解，笑看空空论短长。

（2022 年 6 月）

山前喜燕

长河旭日映光辉,雨后青山更翠微。
我欲辞林终不舍,依栏久看燕飞飞。

(2022 年 6 月)

苦菜吟

春光几度欲消魂,每有香花近拢身。
落尽繁英何处是,争如苦菜最清心。

(2022 年 6 月)

花间吟

芳丛久驻似消魂,秀色香风醉此身。
纵使明年花更好,人生快意几晨昏。

(2022 年 6 月)

牡丹吟

生来国色又天香,不屑群花斗艳芳。
报谢残春青帝意,还留魏紫与姚黄。

(2022 年 6 月)

初夏吟

皆语人情薄似纱,谁能脱俗远浮华。
举杯毋宁邀明月,莫可亭前踏落花。

(2022 年 6 月)

得翟万益薛虎峻制印大喜

印社西泠久负名,陇原荣列两先生。
吾求妙刻非书善,有愧方家一片情。

(2022 年 6 月)

虎年说虎峻

枕石山房善刻刀，蝇头斗字短锋毫。
云笺裁罢新调墨，把示诸君可比高？

（2022 年 6 月）

荷塘即兴

闲游信步小荷塘，水色晴柔绿满廊。
此际春归花早谢，为何仍有暗流香？

（2022 年 6 月）

次韵徐维强先生三题马蹄莲画诗韵

（一）

才华满腹自安然，雁过闻声便是缘。
细雨端阳何所寄，纤毫动处马蹄莲。

（二）

扑花玉蝶忽翩然，几度寻香信有缘。
谢落残红知有寄，一清二白马蹄莲。

（三）

书房端坐自悠然，笔墨飘香广结缘，
夏日忽生清爽意，知君又画马蹄莲。

（2022 年 6 月）

省诗研会端午雅集因事未赴赋此

良俦燕聚意冲真,晋韵唐风作比邻。
逸兴挥笺成雅事,相逢便是有缘人。

（2022 年 6 月）

省诗歌创研会公众号百期志庆

春满乾坤花满枝,时闻道友尽吟诗。
闲来我欲搜新句,却报华章已百期。

（2022 年 6 月）

省诗研会刊发本人专辑感言

平生不善觅诗魂,偶尔沉吟未入门。
欲向良工前示璞,以求妙句对芳樽。

（2022 年 6 月）

为毁麦青储事步秋子先生诗韵

当年曹操令如潮,割发军前护麦苗。
近日惊闻禾毁事,青储垄亩出娥妖。

(2022 年 6 月)

次韵梦石先生诗韵

青天似洗荡浮云,碧落尘嚣一线分。
放眼江湖多过客,谁人肯顾守清氛。

(2022 年 6 月)

奉和王传明教授诗韵

风轻日丽郊村好,待雨门头少绿苔。
不是残墙多豁口,那能红杏出墙来。

(2022 年 6 月)

题贺牟国君先生书画展

寅虎年初赏虎来，春花正放笔花开。
诗书画印皆称绝，君是陇原一俊才。

（2022 年 6 月）

无　题

俗务浮尘远此身，书山墨海苦沉沦。
心无挂碍随安处，花满东篱酒满樽。

（2022 年 6 月）

崆山逶迤题景

登峰好个水云乡，白虎青龙卧两旁。
翠绕晴川灵气聚，香弥古寺偈声长。
二三里外新承运，五百年前早发祥。
我欲剥苔寻断碣，摩崖却告满山冈。

（2022 年 6 月）

临江仙·雨后登山

久旱欣逢甘雨后,长河未起波澜。炎炎夏日觅清欢,金城关外客,白塔寺依栏。

满目青山犹叠翠,燕鸣争逐其间。飞云万里自悠闲。吾心非脱俗,到此若登仙。

(2022 年 6 月)

《青城诗词》刊发本人专辑题记

多来沉浸弄词章,平仄闲敲未入行。
世事无须添笔墨,深情一片寄家乡。

(2022 年 7 月)

庆建党 101 周年暨香港回归 25 周年

红船暗夜响惊雷,闪耀镰刀和铁锤。
星火燎原兴世运,初心未改救民危。
百年恰是风华茂,千古犹传珠浦归。
挺进新程何所惧,波涛不碍巨龙飞。

(2022 年 7 月)

获奖随吟

佳节逢来喜事多,炎炎夏日雨滂沱。
常因小获先夸口,莫向浮名逐逝波。

(2022 年 7 月)

书画博览栏目索字有答

挥毫泼墨本无求,日日临池未敢休。
但使人家能补壁,欣欣不枉几春秋。

(2022 年 7 月)

临江仙·月旦瓶装水

空气阳光水份，攸关万类生存。流波逐日似浮云，造物藏之不尽。

今日江湖困顿，寻源打井纷芸。何时瓢取饮河滨，搔首摇瓶一问。

（2022 年 7 月）

栖云小镇采风因事未赴有寄

金城六月热连天，避暑栖云小镇间。
百亩花光一片海，千秋秀色两名山。
行人漫步新村外，酒旆飘扬旧店前。
风雅庄家酬远客，深情遥寄向诗笺。

（2022 年 7 月）

疫中随吟

宅家避疫已近半月，昨夕接两君来电，各称已自斟四五两者，陶陶然，遂亦临屏倾杯。

久未出门享日光，加餐浑觉饭无香。
核酸排队逢中雨，扫码依栏看夕阳。
三寸棉签开玉口，八杯绿蚁梦黄粱。
临屏昨与诸君见，不说周郎说杜康。

（2022年7月）

山坡羊·疫中感怀二首

（一）

人生如寄，心情如炽，毒株百变三年恣。问谁知，到何期。

闭门禁足非常事，眨眼长空排雁字。封，为了你；开，为了你。

（二）

新冠变异，浮生无计，三春过往成回忆。落花枝，鸟空啼。

天阴必有天晴日，牛大那家君可记？汤，在锅里；心，放肚里。

（2022 年 7 月）

疫中戏说七夕二首

（一）

每思将要手相牵，多少话儿到嘴边。
见面应知真不易，叫人昨夜未能眠。

（二）

七夕渺渺水云间，幸有星桥渡此缘。
天遣瘟神回驾去，千家也可早团圆。

（2021 年 8 月）

鹊桥仙·七夕月旦随咏

推窗望月，观天坐井，云蔽星辰不见。寻思镇日鹊无声，应知会、搭桥银汉。

金风玉露，寒云雁阵，看那芸芸万变。周行不殆复归根，有几个、能登彼岸？

(2022年8月)

疫中记忆

封控有月，其间集中隔离10日，各方之不易，感受颇深。

瘟情久困躲猫猫，斗室容身恁苦熬。
一日三餐狗不理，寸毫半纸太极操。
回家忍看鱼翻肚，浇水徒怜叶片焦。
每念白衣生敬意，无私奉献最辛劳。

(狗不理——盒餐送配酒店)

(2022年8月)

壬寅第一场秋雨后

空街新雨后,健步乐清秋,
酷热随封解,微凉自任悠。
才尝牛肉面,又到铁桥头。
芦草荒边道,黄河值涨流。

(2022年8月)

《黄河诗阵》周年志庆

谁排笔阵不辞劳,兴会诗人竞弄潮。
拜读年来颇受益,方知山外有山高。

(2022年8月)

居家避疫六则

（一）

瘟神祸乱地球村，问计江湖欲断魂。
自顾芸芸惟一策，常蒙口罩少开门。

（二）

百变新冠扰九州，三年作祟未曾休。
吾空有志敲平仄，却恨无能解国忧。

（三）

陇原锦绣正风光，不料偏逢六月霜。
但愿山河多静好，家贫莫要再遭殃。

（四）

年来生意不由身，苦了多方创业人。
共克时艰终有日，当先合力赶瘟神。

（五）

居家调墨久飘香，上网皆因购物忙。
米菜无忧心笃定，甘霖几度送清凉。

(六)

欲说吾家两岁孙，言无口罩不出门。

催爷扫码操心事，近日相亲靠视频。

(2022年8月)

采桑子·壬寅中秋恰逢教师节

天边雁阵辽东鹤，岁岁中秋。今又中秋，皓月当空照九洲。

鲈鱼堪脍黄花酒，才下层楼，更怯登楼。佳节逢双不说愁。

(2022年9月)

贺德康国医馆开业分韵"宗"字

德厚人情广，康宁不离宗。
养身无秘径，治病有神功。
无变即千变，一通则百通。
回春辞馆去，体健似青松。

(2022年9月)

次韵徐维强诗《壬寅秋日返乡途中》

今登峻岭景观台，游子锦衣返梓来。
梦里家山心欲醉，凭栏远眺动诗怀。

(2022年9月)

西江月·中秋雅集有感

又见秋风萧瑟,今宵把酒欢言。挥毫泼墨付诗笺,共说瘟情聚散。

心境犹如皎月,人生本是机缘。何须顾影向婵娟,凡事但求长远。

(2022 年 9 月)

壬寅重阳居家

重阳佳节苦无诗,正是居家寂寞时。
漫说心驰千里外,何如杯酒解相思。

(2022 年 10 月)

七月至今第六次被封有记

年华易逝任消磨,敢问瘟尘扰几何。
本月还如前月样,开门没有闭门多。
为寻乐趣斟陈酒,拟解忧愁望翠坡。
但愿浮生无憾事,流光逐梦莫蹉跎。

(2022年10月)

贺中国女篮获世杯赛亚军

秋光独放一枝花,中国女蓝足可夸。
比赛攻防无懈怠,临场绝杀任叱咤。
捧杯出料惊寰宇,载誉归功练到家。
巾帼三球扬志气,须眉羞说长咨嗟。

(2022年10月)

赋得秋花危石底得"秋"字

落木萧萧下,闲情寄晚秋。
天边鸿雁序,篱畔菊花稠。
远水涓危石,时人怯困楼。
捧书长品味,挥笔不甘休。
境迥红尘隔,心怡绿蚁酬。
岁华缘底事,明月照神州。

(2022年10月)

临江仙·国庆

十月丰收在望,秋光拨动心弦。回眸思绪又千般。历经风与雨,共说太平年。

早已征尘满目,如期盛会空前。中华民族梦终圆。倾杯歌大有,岁岁尽余欢。

(2022年10月)

居家读莫言

近来避疫得清闲,静坐书斋读莫言。
百部佳篇通览罢,知君获奖不虚传。

(2022 年 10 月)

秋登九州台

得空开门快下楼,登山健步踏清秋。
尘烟顾望隐城郭,沿路斑斓近九州。

(2022 年 10 月)

诉衷情·庆党的二十大

金秋十月话登丰,盛会一堂中。共商国是宏业,到处见旗红。

航定向,展雄风,气如虹。百年兴党,不忘初心,劲比青松。

(2022 年 10 月)

贺徐维强先生荣获"甘棠奖"

国内联坛陇右强,徐君几次入甘棠。
相逢他日须轻问,怎写楹联韵味长。

(2022 年 10 月)

次韵廖海洋先生《即景》二首

(一)

封门禁足立窗前,远望征鸿影外天。
万事从来分快慢,慵身绑架是核酸。

(二)

人生一梦笑南柯,怎奈瘟虫闹几何。
罩面相逢不敢问,身材似是某君么?

(2022 年 10 月)

贺万源市荣获中华诗词学会"诗词示范市"

光环熠熠照巴山,石有佳铭水有源。
感慨诗章兴重镇,文承一脉显斑斓。

(2022 年 10 月)

河滨健步

亲山近水乐悠悠,塔影波光入眼眸。
久困慵身何处去,河边健步踏清秋。

(2022 年 10 月)

壬寅寒衣节有寄

记得前年秋祭时,心心念念送寒衣。
瘟神侵扰今无奈,只好封门觅小诗。

(2022 年 10 月)

步韵秋子先生《喜雨》诗

久厌楼间喇叭声,笛鸣救护亦心惊。
忽来喜雨窗前落,愿洗瘟尘寄此情。

(2022 年 10 月)

贺省诗研会公众号百期志喜

正是田原望岁丰,忽传雅韵百刊成。
诗坛不少拿云手,检点创研占上风。

(2022 年 10 月)

静默抒怀

欲避瘟尘久宅家,凭栏远望日西斜,
秋来每赏楼头月,雁去时涸陌上花。
渐冷驱寒斟美酒,平心降火切西瓜。
牢骚太盛空兴叹,月有圆时海有涯。

(2022 年 11 月)

下厨感吟

春光误罢误秋光,坐井观天欲断肠。
有幸平生逢盛世,无才落笔著华章。
空怀雅兴吟工部,惟解忧愁对杜康。
久困先谋粱稻故,心安食得菜根香。

(2022年11月)

赋得明月出天山得"天"字

皎皎祁连月,盈盈照酒泉。
古来丝路险,谁度玉门关。
往事惊回首,前尘隐入烟。
君题吟李白,我欲效张骞。
戈壁秋风急,长城雁影寒。
几年犹禁足,西出待明天。

(2022年11月)

相思引·初冬解封抒怀

秋季封门冬解栏,出行始觉夹衣寒。滨河漫步,乐享艳阳天。

岁月还如流水去,风光恰似荻芦残。新词一曲,梦里寄乡关。

(2022年11月)

临江仙·夜行街市

寂寂长街行趾处,寒风吹叶凋零。夜间独见最伤情。路边商铺歇,尘土落门庭。

偶遇来人互不问,面遮生怕担惊。似闻楼上暗吹笙。抬头灯火亮,莫说是空城。

(2022年11月)

赞天水麦积龙凤村百亩金丝皇菊

麦积山东龙凤乡，秋来百亩菊花黄。
曾为晋士篱边种，可赞唐生笔下狂。
万朵金丝存福祉，一杯玉露养生汤。
闻君正欲开新圃，寄语田园乐小康。

（2022 年 11 月）

春华秋实

春花过后是秋实，岁月匆匆浑不知。
检点白云苍狗事，叫人感慨打油诗。

（2022 年 11 月）

出门感言

气温骤降莫言寒，解禁出门立道边。
一夜西风能扫叶，毋留戾疫到新年。

（2022 年 11 月）

夜行有思

独行许久绪无端,夜旷人稀倍觉寒。
我寄愁心于玉兔,何时济世有灵丹。

(2022 年 12 月)

西江月·闻阳感叹

圈内争推保健,全屏尽说杨康。多闻躺倒也挨枪,镇日胡思乱想。

有病只身抗过,无人替你扶伤。安能四处觅良方,免疫先须强壮。

(2022 年 12 月)

壬寅初冬登白塔山

久未登临北塔山，慵身自比差从前。
扬尘笼罩迷街市，落日楼头辨古关。
到处担心非净地，今时素面可朝天。
林中萧瑟惟清静，野犬成群不避嫌。

（2022 年 12 月）

元旦寄语

时逢喜庆过新年，检点无端梦一般。
纵有千言和万语，凝成祝福是平安。

（2022 年 12 月）

腊八有感

腊日今逢祭，熬为八宝丰。
平安思切切，岁月念匆匆。
妖近孔明智，人修元亮功。
糊涂非易事，禅定总成空。

（2022 年 12 月）

赋得梅花残腊月得"残"字

冷月横疏影,花开腊已残。
孤山栖鹤后,逢驿折枝前。
踏雪寻桥上,飘香洗砚边。
子瞻游赤壁,韩愈困蓝关。
我羡潜龙跃,谁知倦鸟还。
万殊惟趣舍,清气满人间。

(2023年1月)

次韵廖海洋先生诗《春晚即事》

守岁重新沏盏茶,窗前已在放烟花。
临屏歌舞无心赏,百里家乡一样吗?

(2023年1月)

书联送福

不为名声不为钱,每逢腊月写春联,
挥毫落墨嘉祥句,送福千家结善缘。

(2023年1月)

鹧鸪天·除夕

又是年关除夕时，临街灯笼挂柯枝。谁燃爆竹连天响，我赏烟花满腹思。

春已至，鬓添丝，渐宽衣带恁休提。举杯守岁三更后，独坐书房觅妙词。

（2023年1月）

初三省亲

正月初间拜大年，省亲不必对华筵，
贪杯酒后晨难起，爆竹窗前夜未眠。
旧岁人人愁管控，新春户户喜团圆。
时逢社火敲锣鼓，乐在村中意盎然。

（2023年1月）

西江月·社火闹春

锣鼓敲除晦气，秧歌扭动腰肢。雄狮跳跃显生机，更赏秦腔大戏。

浩荡春来无际，翩跹燕逐有期。苞芽已上柳梢枝，不日风光旖旎。

(2023年1月)

赋得东风夜放花千树得"东"字

似见花开树，星摇逝水东。
元宵明月夜，河畔柳梢风。
几载曾行禁，千般总放空。
不思悲寂寂，难得乐融融。
客觅阑珊处，人逢喜气中。
既能常会面，何必寄飞鸿。

(2023年2月)

临帖偶思

王铎书法妙如何，应索犹能次日摹，
宗晋有言非野道，时人听劝莫随波。

（2023 年 2 月）

《青城诗词》微刊一周年迎春拈韵得"新"字

本是黄河两岸人，春来试看物华新。
自从诗苑圆清梦，便向词林著此身。
挥笔抒情游子意，以文会友故乡亲。
感言编者多辛苦，幸有高朋作比邻。

（2023 年 2 月）

次韵陈琳先生咏梅诗

故苑春晖万象新，梅开雪阻莫能亲。
无劳驿使驰千里，已见香枝淡墨痕。

（2023 年 2 月）

踏雪三则

（一）

无雪一冬正叹忧，琼花昨夜降兰州。
幽幽水岸谁如我，笑与青山共白头。

（二）

独步无关雪满身，茫茫天地一时新。
嚣尘落尽山河美，度过寒冬总是春。

（三）

漫舞天空也叫花，晶莹剔透本无瑕。
春滋陇上多珍贵，惹得诗人觅句夸。

（2023年2月）

奉和冯修齐先生八十初度诗韵恭祝寿诞

陇山蜀水又呈祥，笔墨诗联几度香。
石刻摩崖留胜迹，芳流巴地显文光。
寿翁修业登三径，学者传书惠十方。
耄耋仗朝身体健，为人辛苦为人忙。

（2023 年 2 月）

观博物馆国宝书画展有感

国宝流传阅古今，清欢只在馆中寻。
世间万物多纷乱，书画宜人可静心。

（2023 年 2 月）

赋得春风不度玉门关得"春"字

戈壁广无垠，玉关未度春。
天山才落雪，瀚海又扬尘。
行旅西方客，征鸿北塞宾。
长风三万里，高铁几时辰。
杨柳妆丝路，神舟探月轮。
劝君将进酒，试看物华新。

（2023 年 3 月）

春日随笔

春寒料峭盼花期，漫步河滨绿意迟。
却见柳枝抽嫩蕾，诗云水暖鸭先知。

（2023 年 3 月）

春夕行吟

湖边独步影孤单，却见灯光水色阑。
借问今宵天上月，几家忧困几家欢。

（2023 年 3 月）

踏春即兴

山川不觉焕春妆,踏赏桃红柳芽长。
许是花前停足久,归来犹带一襟香。

(2023 年 3 月)

题三八节二首

(一)

诗刊本自搭平台,巾帼争相咏絮来。
雏燕奋飞何必问,谢家宝树几时栽?

(二)

从来红袖弄文澜,平仄沉吟效易安。
腹有藻思才气在,风仪洒落满诗坛。

(2023 年 3 月)

兔年咏兔

本是人间畜，偏持月里槌。
豁唇君勿笑，板齿我无亏。
四蹄长配短，双耳立如锥。
眼红非那病，尾短惹阿谁。
静处诚怜爱，动时岂可追。
蹬腿能胜隼，赛跑怎输龟。
身上毫多健，窝边草盛蕤。
江湖须避祸，狡窟有口碑。
走狗因何死，飞狐为此悲。
农夫株守困，将帅胜还危。
盛世逢新卯，熙春运久随。
花开红日暖，吐气又扬眉。

（2023 年 3 月）

临江仙·春日抒怀

癸卯春日小聚，徐维强先生携松仙源美酒邀饮，其间又作临江仙一词，余试和之，博一笑耳。

癸卯春来逢吉日，良朋相聚情浓。松仙源酒满杯中。倾心微醉意，笑谈乐融融。

漫忆江湖多少事，无非秋月春风。人生毕竟太匆匆，闻鸡须起舞，莫使韶华空。

(2023 年 3 月)

菩萨蛮·清明祭

三年疫共谁人语，清明每念无归去。举目水东流，平添多少愁。

而今来祭扫，又见春晖草。追远诉衷情，无声胜有声。

(2023 年 3 月)

南乡一剪梅·春花

三月百花开，兴致空无咏絮才。却见枝头春意闹，蜂也飞来，蝶也飞来。

欣赏且开怀，莫论刘郎去后栽。走遍千山终不悔，花满亭台，香满亭台。

（2023年4月）

舟曲行四首

（一）

远望岷山雪，沿途尽赏花。
田园油菜地，峡谷藏人家。
待客斟陈酒，时珍品嫩芽。
方知舟曲好，相约种桑麻。

（二）

藏域小江南，春来景色妍。
人人排笔阵，户户挂楹联。
迭岭千峰秀，白龙一脉传。
躬耕基地上，舟曲起文澜。

（三）

节气正清明，龙江左岸行。
初来纪念馆，再现泥流城。
眼浅难噙泪，心酸不忍听。
惟祈凡世好，四季永升平。

（四）

漫步土桥村，春光欲醉人。
参观农具旧，感叹物华新。
一路葡萄架，长廊对子门。
举杯倾美酒，愿作此间邻。

（2023年4月）

行香子·舟曲行

藏域江南，羌道春妍。携文朋、拜访群贤。翰墨飘香，相见甚欢。到白水边，迭山畔，菜花间。

世外桃源，文脉相传。历多年，叶茂枝繁。葡萄架下，尼玛堆前。看两河口，一块匾，满城联。

(2023年4月)

次韵梦石先生《街头见花片有感》

伤春总是太匆匆，花事无关世事同。
莫叹缤纷香坠地，明年更比去年红。

(2023年4月)

河岸咏絮

杨柳依依才发芽，枝头忽见挂轻纱。
有心咏絮裁诗句，无意闲情数落花。

(2023年4月)

浣溪沙·奉和秋水依依词韵

未赏花开已赏残，东君无力做长看。亭前不忍意茫然。

镜里容颜经岁改，堂前燕子伴云迁。似曾相识也无关。

（2023 年 4 月）

寒食雅集次韵丰谷先生

金城夜雨客纭纷，共说诗研会六春。
翰墨飘香难自制，搔头觅句作沈吟。

（2023 年 4 月）

癸卯寒食雅集奉和王传明先生

三年寒食过,今夕说分明。
喜雨添春景,华章见性情。
书家方落笔,墨客又倾觥。
漫忆诗坛事,先生赞后生。

(2023年4月)

纪念一条山战役

自古桥头堡,向西第一关。
红军攻要塞,马匪守其间。
进击廿余场,交锋半月天。
挥师千佛寺,血战一条山。
设伏雷家峡,扫平景泰川。
敌人终败退,民众奋支前。
黄土埋忠骨,龟城定续篇。
丹心留寿鹿,浩气贯祁连。
昔日播星火,如今已燎原。
传承毋忘史,幸福感先贤。

(2023年4月)

赋得霜叶红于二月花得"霜"字

花发三春树，叶红九月霜。
前因争早暖，后者胜清凉。
远看枫林晚，轻摘菊朵黄。
文江留赋句，程颢写诗章。
对酒歌吟短，排云雁字长。
逢秋非寂寞，万物有华光。

（2023年5月）

五一雅集拈韵得"滋"字

杨柳绿绦丝，春来万物滋。
花开花坐果，燕去燕归期。
好降三更雨，相传一首诗。
拈拈分妙韵，个个蕴清思。
有感挥吟笔，无缘举酒卮。
屏前先祝愿，相见莫迟迟。

（2023年5月）

登黄河楼抒怀

早夏欣登百尺楼，千般触绪涌心头。
一川锦绣眼前出，九曲黄河槛外流。
喜看三滩新变化，深思十载旧朋俦。
回眸昨日风和雨，感叹人生几度秋。

（2023 年 5 月）

游百合公园兼赠修忠同志

称扬百合名，盛誉满金城。
坐拥黄河浪，无闻闹市声。
花繁添锦绣，树旺显峥嵘。
更赞园丁美，躬耕一片情。

（2023 年 5 月）

走访结对帮扶户

结对农家到古山,双亲智障子堪怜。
春风化雨滋千户,温饱无忧解万难。

(2023 年 5 月)

少年游·癸卯端午

端阳又近,红消叠翠,陇上稼如云。河边细柳,浪中轻筏,气象一时新。

南天极目,当歌对酒,吟句祭忠魂。君将名利化纤尘。清醒独羞人。

(2023 年 6 月)

后 记

　　黄河诗社组织几位会员出集子，编辑"黄河诗阵"丛书，我有幸忝列其中。原想作品不太成熟，结集尚早，但受到王传明教授鼓励与肯定，也就顺着赶上架了。毕竟借此把多年零散的作品汇集起来，整理修校，装订成册，以珍敝帚，很有必要，也属常理。

　　余着意学习写诗词不过三五年时间，但对诗词的喜爱却从小就开始了。记得四年级过"六一"时写了一首歪诗被学校选中，登上大戏台，面向全校师生，朝着裹着红绸布的扩音器朗颂，至今记忆犹新。当时要求每家墙壁上要辟有学习园地之类的地方，所以时而写上四句、八句之作，张贴上去，引得村上插队知青们进院传抄，自以为豪。后来随着紧张学习、工作和生活便无暇顾及了。20世纪80年代偶遇有人搬家，从丢弃的破烂中捡到《唐诗选》和王力先生的《诗词格律》，视为至宝，揣之不舍，王力先生的那本三毛七分钱的册子至今还置于案头。2000年后，零星写了一些诗，也是受老领导陈琳先生的影响，因常拜读他的《春晖苑诗稿》以及平时发的诗作，偶而有兴和之，但多不成体统。记得2013年春，陈琳先生约了我们几位诗词爱好者，亲自复印了几套诗词格律资料，发给大家，又仔细讲解诗词写作的基本知识，起承转合及平仄要求，现代四声与平水等韵关系云云，算是把大家引进门来。每年组织诗联创作，我的作品每每得以斧正升华。中华诗词学会原副会长、甘肃省诗词学会会长张克复先生相识较晚一些，先生三年前见我诗作后，多给予鼓励指导，记得2020年春我填《浣溪沙》一词，先生看到后说写得好，但有一字出律需改换。改后他直接推荐刊登在《甘肃诗词》上，使我很受鼓舞。嗣后，先生又介绍我加入各级诗词学会并组织采风活动。省诗歌创作研究会会长陈田贵先生直接约见邀我入会，在各类活动中青眼相加。所有这些，都使我"不觉转入此中来"。近年有了点时间，有了这些平台，与各位方家学者切磋交流机会多了，视野境界也就更加开阔。

在几个诗词楹联学会中，有月旦、试帖等写作要求时，我都尽量投稿，让专家点评从中受益。更有"青城文化研究会"的同乡同仁刊行《青城诗词》，经常雅集酬唱，极一时之盛也。朱光潜先生说："学文学第一件要事是多玩索名家作品，其次是自己多练习写作。"近年来我陆续购买了中华书局《中华传统诗词经典》丛书、人民文学出版社《中国古典文学读本丛书典藏》、上海古籍出版社《"词"系列书目》以及有关老师惠赠的个人诗集，常常独坐书房，一壶清茶，一杯浊酒，一部经典，逐页阅读，逐句领悟，学到凌晨，乐此不疲。2021年我曾写过一首诗，尾联为"年来读罢卅余卷，自叹才学浅又疏"便是最真实的写照，截止目前共读了65本相关书籍，深感学海无涯。近年来，《青城诗词》、甘肃省诗歌创作研究会《陇诗方阵》、黄河诗社《黄河诗墨名家》《甘肃楹联》《兰州诗词》都先后汇编刊出本人诗词专集。也为这次出版打下了基础。

本书之所以题名《怡园诗稿》，也是传承有序之故。吾祖上耕读青城，因"源兴号""芝"字牌水烟生产经营盛极一时。十二世祖高士林，字怡如，在条城修建了当时最大的私家园林兼私塾，取名曰"怡园"，祖上几代高卧园中，与文人雅士邀饮吟咏，挥毫泼墨，出联应对，诗赋超逸，连续三代均有诗文结集。今年第十四期《青城诗词》刊登了我撰写的《清末青城高氏诗人作品赏析》一文，重点解读了十三世祖高铭的排律和高钰的五律若干，每每读到先人的这些诗作，总会让人心潮澎湃，穿越时空，似闻耳提面命之声。

　　这次整理过程中，对原先的诗稿回头再看，在保持原诗景诗意的基础上，对个别出律失替处做了修改。需要说明的一是这次从 20 年来的 600 多首诗词中选取了 528 首，其中大部分为近五六年的作品，总体上五年前作品多遵循新韵，近五年依平水韵，偶有新韵，这次出版时均不再一一标注。二是所有作品排列不单独分诗部和词部，也不分类设章，而是依时序编排，以体现每一时段的写作特点，以及对同每一事件的不同表达方式。三是许多为诗会友人间互相唱和之作，因考虑篇幅及诸多因素，均不再附友人的精彩原玉。四是限于本人学识不足，功底尚浅，诗稿中字词联意问题不少，许多地方从宽处理了。还望求教于方家并包涵。在作品编纂过程中，得到许多领导和方家的指导帮助，甘肃省政协原副主席张津梁作为我很敬重的老领导、诗书大家，我常拜读他的诗集《诗海拾滩》而获益，应索挥笔为本书题签；甘肃省杂文研究会会长、著名诗歌评论家吴辰旭平时亦对我多有鼓励，这次又欣然赐序；西泠印社社员、书画篆刻名家薛虎峻先生刻赠《怡园》朱印一枚，都为本书增添了莫大光彩，陈瑞霞女士为本书出版做了大量辛苦工作，王志刚、李中安先生等悉心把关，指导设计。对此，我谨表示衷心感谢！

诗以言志，如今我已年近华甲，言志不多，盖发乎于情。正所谓吾手写吾心，清思每欲吟。无求惊世句，漫步在诗林。在拙作付梓之际，感慨良多，夫复何言？兹摘录旧作以纪之：

平生不善觅诗魂，偶尔沉吟未入门。
欲向良工前示璞，以求妙句对芳樽。